幼女系底辺ダンジョン配信者、配信切り忘れて S級モンスターを愛でてたら魔王と勘違いされてバズってしまう

邑上主水

FB
ファミ通文庫

LIVE

CONTENTS

A young girl-like bottom-tier dungeon streamer forgot to turn off the stream and was admiring an S-class monster when she was mistaken for a demon king and went viral

REC

00.02.37

ILLUSTRATOR　とくまろ

プロローグ 魔王様、うっかり爆誕してしまう

A young girl-like bottom-tier dungeon streamer forgot to turn off the stream and was admiring an S-class monster when she was mistaken for a demon king and went viral

「……それじゃあ、まおのダンジョンさんぽ、今日はここまで〜」

ふわふわと空中に浮かんでいる小さいカメラ付きドローンちゃんに手を振って、リスナーさんたちに別れを告げた。

わたしこと有栖川《ありすがわ》まおは、ダンジョン配信者《ストリーマー》をやっている。

ダンジョン配信者というのは、ダンジョンを探索《たんさく》しながらダンジョン専用配信サービス、ダンジョン・ティーヴィー……略して「ダンTV」でライブ配信をする人たちのことだ。

自分の大好きなものを発信して、みんなと感動を共有したい。

ついでにお小遣いもちょっと稼げたらいいなぁ……なんて淡い欲望を抱きながらはじめたダンジョン配信なんだけど――。

「う〜ん、今日も同接《どうせつ》二かぁ……どうしてなのかなぁ？」

ポケットから取り出したスマホに映っているのは、前髪ぱっつん&銀色の髪に紫メッシュを入れた、ちびっこいまおが出ている配信画面。

そして、配信画面に表示されている「2」という数字。

これは配信を見ている視聴者の数――いわゆる「同時接続者」が最大二人だったという悲しい現実だ。

この二人というのも、まおが確認用でチャンネルを開いているのと、マイシスター「あずき姉」が冷やかしで見てるだけっていうのが悲しいところ。

十数年前、突如として日本中に現れた「ダンジョン」という異世界の迷宮は、大きなニュースになった。

恐ろしいモンスターが徘徊《はいかい》する危険なダンジョン。その中には見たこともない金銀財宝が眠っている――。

そんな話が広まって、世間はダンジョン一色になった。

一攫千金《いっかくせんきん》を狙《ねら》って多くの人がダンジョンに潜りはじめ、彼らは「探索者《スカベンジャー》」って呼ばれるようになった。

だけど、「ダンジョン内で得たものは外に持ち出せない」とわかって世間の興味は一気に冷め、さらに「ダンジョン内で死んでもリセットされて入り口に戻されるだけ」と判明してからはゲーム感覚で楽しめる娯楽《ごらく》のひとつになっている。

そんなダンジョンは日本にしかなくて、観光庁を中心にインバウンド事業として海外観光客を誘致《ゆうち》しているみたい。

今やダンジョン探索やダンジョン配信は、アニメや漫画に次ぐクールジャパン戦略のひとつになっているってわけだ。

「……とはいえ、そこで人気が出るのはすっごく大変なんだけどねぇ」

思わず愚痴《ぐち》が出ちゃった。

まおみたいな女子高生にもダンジョン探索や配信が人気なのは、初めてダンジョンに入ったときに「ユニークスキル」というものが与えられるから。

ゲームの特殊能力っていえばわかりやすいかな？

学校では目立たない子がダンジョンでは最強――みたいなことが頻繁《ひんぱん》に起きて、「一発逆転」を狙ってダンジョンに入る人も多い。

そういう気持ち、わからなくもない。

周囲を見返したい……っていうのかな。

まおも、たまに会う親戚の叔父さんから「まおちゃん小学何年生になったの？」とか「小学校でお友達できた？」とか言われちゃうんだよね。

こちとら一六歳の立派な女子高生じゃい！

身長は一四〇センチだけど！

だからいつかグラマラスな女性になって、親戚のみんなを土下座させてやるんだ。

……ごめん、ちょっと話がズレちゃった。

とにかく、一発逆転を狙っている人たちはダンTVで「最速ダンジョンクリア」とか「最深部のボスをソロで討伐」なんて配信をして人気を博《はく》している。

　まおは自分が可愛いと思うモノを共有したいって考えてはじめたから、まったりダンジョンを散歩して「可愛いモノ」を紹介する配信をしているけどね。

　武闘派のスカベンジャーと違ってヒリヒリするようなスリルはないけど、あんなに可愛いモノを紹介しているんだから絶対にイケると思った。

　だけど――結果はご覧のとおり。

　おかしいなぁ。

　全く原因がわからない。

「ま、悲観しても仕方がないか」

　うじうじ考えるのは、まおの性格じゃないし。

「……ん？」

　なんて考えていると、岩陰からぴょこぴょこと小さな動物がやってきた。

　ウサギのモンスター。名前はキラーラビット。

　おでこに小さな角が生えている以外は普通のウサギと変わらない。

　キラーラビットはスカベンジャー界隈《かいわい》では危険なモンスターって認識なんだけど、多分デマだと思う。

　だってまお、この子に危険な目にあわされたことないし。

「うふふ、その角、キュートだよね？」

「……キュ？」

キラーラビットちゃんが首をかしげる。

ああ、そんな仕草も可愛い！

この子が危険だなんて絶対嘘《うそ》だよ。

体はモフモフだし、こんなふうに人懐っこいし。

「配信してないし、ちょっと愛《め》でちゃおっかな♪」

配信中は可愛いモンスちゃんを紹介するだけだから、モフったりするのは配信外だけなんだよね。

本当は配信でもいっぱい愛でたいんだけど、そこはちゃんと一線を引いてるのだ。

うん。まおって本当にプロだわ。

「あはは、甘噛《あまが》みしてきて。そんなに遊んでほしいのかな？」

ナデナデしてあげたら、ガジガジと指を噛んでくる。

遭遇《そうぐう》したモンスちゃんたちはいつもこうやってじゃれてくるんだよね。

ホント可愛い。

でも、こっちもやられてばっかりじゃないからね。

両手を使ってナデナデナデナデ。

うりうりうり。

あらあら、お腹を見せちゃって。

このこのっ、可愛い奴めっ。

《以心《いしん》☆伝心《でんしん》が発動しました》

「ありゃりゃ、心許してくれちゃったねぇ♪」

これがまおのユニークスキルのひとつ。

効果は「心を許してくれた動物を手懐《てなず》ける」という、まさに動物好きなまおにピッタリのスキルなんだ。

【以心☆伝心】で友達になった、まおの推しモンスター……略して「推しモンちゃん」たちは、別のユニークスキル【この指と～まれ♪】で呼び出せちゃうのもグッド。

つまり、こんなふうに偶然見つけたモンスちゃんたちを愛でてもいいし、推しモンちゃんを呼んで愛でちゃってもいいってわけ。

ああ、なんて最高なスキルなんだろう。

ちなみに、このスキル名は、まお好みに改変させてもらいました。

元々は【従属化《じゅうぞくか》】っていう超可愛くない名前だったんだよね。

誰がつけたのかわからないけど、センスを疑っちゃう。

「……ああ、幸せ」

可愛いモンスちゃんをモフモフしてたら、そりゃあ笑みもこぼれちゃうってもんだ。

同接が二でも、こうしてモンスちゃんたちを愛でることができていれば幸せ。

そんなこと言ったら、あずき姉に「ダンジョン配信者としての自覚を持て馬鹿野郎っ！」って怒られちゃうけどね。

「あれ？　他の子も来ちゃった？」

気がつけばまおの周りは、可愛いモンスちゃんだらけになっていた。

キラーラビットに、ポイズンスライム。

キノコモンスターのマタンゴに、オオコウモリ……。

トテトテと近づいてきたみんなに、ガブガブと甘噛みされちゃった。

どうやらまおと遊んでほしいみたい。

仕方ないなぁ。

《以心☆伝心が発動しました》

《以心☆伝心が発動しました》

《以心☆伝心が発動しました》

ナデナデしてあげるとすぐにスキルが発動した。

まおの周りには、デレデレになったモンスちゃんたちだらけ。

う～ん、なんだろう？

この幸せ空間。

「うふふ、みんな今日も可愛いですねぇ～、ほらほら、ここをナデナデしてほしいの――んがっ⁉」

そのとき、ドスンとダンジョンが揺れて、つい変な声が出ちゃった。

配信外でよかった。

一応、まおは可愛い少女系キャラで通してるし、キャラ崩壊《ほうかい》は避けないとね。

……ま、同接は二だけど。

「というか、今の何だったんだろう？」

スマホにアラートが出てないから、地震ってわけじゃないみたいだし。

だけど、変な事故に巻き込まれて死んじゃったら「所持品&ステータスリセット」になっちゃうから、とりあえず地上に戻ろうかな？

そう思って、推しモンちゃんたちとしばしのお別れをしようと思ったんだけど――。

「……えっ？」

ダンジョンの奥……中層エリア方面から何かがやってきた。

大きさは牛さんくらいありそうな、銀色に輝く毛並みの大きな狼さんだ。

「うえええええっ⁉ すごく大きな狼さんが出てきた⁉」

狼さんは何かを探していたのかキョロキョロと辺りを見ていたけど、まおに気づいた途端、牙をむき出しにして威嚇《いかく》してきた。

「グルルルゥ……」

だけど、そんな姿を見てもまおは全然驚かない。

だって――めちゃくちゃまおの好みにどストライクな、激カワモンスちゃんだったんだもん！

「はわぁあああああ！　はじめて見る可愛いモンスたんっ⁉」

まおのテンションは最高潮！

「ね、ねぇ狼たん！　ちょっとまおにモフモフさせてくれませんかっ⁉　だめだったらナデナデだけでいいので！　むり？」

「……ガ、ガウ？」

あ。狼たんの尻尾《しっぽ》がしなってなっちゃった。

もしかして、まおが推しモンちゃんたちと一緒だからびっくりしちゃったのかな？

ごめんねびっくりさせちゃって。

でも、安心して！

今からいっぱいナデナデしてあげるから！

「グ、グルル……」

「大丈夫、大丈夫だよ～、怖くないよ～、痛くないよ～」

驚かせないように抜き足差し足でゆっくり近づいていったんだけど、狼たんはビクビクしながら威嚇してくる。

落ち着いて。

そんなに怖がらなくていいから。

ちょっと触らせてくれるだけでいいし。

あ、でも……できればそのモフモフの毛並みの中に、思いっきり顔を突っ込みたいかも？

「……ガウッ！」

まおの指先が触れそうになったとき、狼たんががぶりと手に食らいついてきた。

だけど、全然痛くない。

うん。これは間違いなく——甘噛みだな！

「ガウウウウッ！」

「あはは、くすぐったいよ。じゃれてきちゃってもう」

甘噛みしてきたってことは、ナデナデしてオッケーってことだよね？

よしよし。

こんなにおっきなモンスちゃんは久しぶりだからな。

全力で愛でてあげちゃうもんね。

まずは体をがしがしと撫《な》でてあげる。

「おりゃおりゃおりゃ！　ここはどう？　気持ちいい？」

「ガ、ガウ……？」

「顎《あご》の下はどうじゃ？　うりうり」

「……ガ、ガウ～ン」

《以心☆伝心が発動しました》

やったぁ、気を許してくれたみたい。

狼たんがごろんと横になる。

「くぅ～ん」

「あらら～、お腹見せちゃって可愛いんだから。うりうり～」

うわぁ、すごい！　お腹の毛はさらにふわふわで、指が毛の中に沈んでいく！

なにコレ、最高すぎなんですけど⁉

思わず毛の中にダイブして、体全体でワシワシと撫でてあげる。

すうっと鼻から息を吸い込むと、甘い香りが胸一杯に広がる。

ああ、いい匂い……この香り、好きすぎる。

「ワフッ、ワフッ」

「あはは、くすぐったいってば」

お返しだと言わんばかりにべろりと舐《な》められちゃった。

なんて可愛い子だろう。

でもこのダンジョン——「渋谷八号ダンジョン」にこんな子がいるなんて知らなかったな。

ここよりレベルが高い一五号ダンジョンの最下層まで降りてモンスちゃんを愛でたりしてるけど、まだまだまおの知らないことがたくさんあるみたいだ。

う～ん、これだからダンジョン探索はやめられないんだよね！

「あ、そうだ！　初めて会ったから、キミに名前をつけてあげよう！」

まおのネーミングセンス、一級品だから期待していいよ。

「ん～、そうだなぁ……よし！　今日からキミの名前は『わんさぶろう』ね！」

「ワフ？」

「えへへ、どう？　いい名前でしょ？」

「ワフン！」

嬉しそうに吠《ほ》えるわんさぶろう。

ふっふっふ。どうやら気に入ってくれたみたい。

毎度思うけど、一発で気に入ってくれる名前を生み出しちゃうまおのネーミングセンスって本当にパないわ。

ユニークスキルに【従属化】なんてダサい名前をつけた人も見習ってほしいよね。

ホント、切実に。

推しモンちゃんたちも最初は体が大きなわんさぶろうにびっくりしてたみたいだけど、まおがモフモフしてるのを見て安心したのか、恐る恐る近づいてきてくれた。

まおの周りには、可愛いモンスちゃんだらけ。

ああ、幸せ。こんな激カワモンスちゃんたちとお友達になれるなんて、今日はすごくいい日だなぁ。

地上に戻ろうかなって思ったけど、わんさぶろうみたいなモンスちゃんが他にもいるかもしれないから、今日も最下層まで行っちゃおうかな？

うん、そうしよう。

みんなと一緒なら、怖くないもんね。

「……よし！　最下層に行くよ！　みんなまおについてきて！」

「ガウッ！」

そうしてまおは、推しモンちゃんたちと一緒にダンジョンの奥へと向かう。

わんさぶろうのすぐ後ろに誰かいたような感じがしたけど……まぁ、気のせいだよね。

＊＊＊

「なっ、なっ、何だったのだ、今のは……っ⁉」

その光景を見ていた神原《かんばら》トモは愕然《がくぜん》としていた。

神原トモ。通称「トモ様」。

彼女はダンジョン配信者として活動している女子高生で、ダンＴＶのチャンネル登録者数は一五〇〇万人と、業界を代表する有名配信者だった。

栗色のショートヘアーに、切れ長の目——。

まさに深窓の令嬢といった雰囲気があるクールビューティ。

しかし、そんな見た目とは裏腹に腰が低くて面倒見が良く、初心者探索者《スカベンジャー》にも優しく接するというギャップが多くのファンを虜《とりこ》にしている。

だが、彼女が一躍《いちやく》トップに躍り出ることができたのは、そのキャラクター性だけではない。

スカベンジャーとしての能力も一流で、拳ひとつソロプレイで踏破したダンジョンは数しれない。

その代表的なものが、すでに一億回再生されている「青山一〇号ダンジョン」の切り抜き動画だ。

トモの圧倒的なスピードとパワーに恐れをなし、戦意喪失したボスを美しくかつ冷酷《れいこく》にタコ殴りにしているシーンは色々な意味で伝説になっている。

そんなトモの元に「渋谷八号ダンジョンにイレギュラーモンスターが現れた」という情報がもたらされたのは一時間ほど前だった。

所属しているバスケ部の練習を休み、急遽《きゅうきょ》渋谷八号ダンジョンへと向かった。

しかし、オルトロスが現れるなど、トモも予想していなかった。

なにせオルトロスは「三〇号」レベルのダンジョンに現れるモンスターなのだ。

彼に所持品&ステータスリセットさせられたスカベンジャーは少なくない。

ダンジョンは厳格《げんかく》にランク付けがされていて、一番下は「一号」からはじまり、現在確認されている最難関ダンジョンで「三〇号」まである。

つまり三〇号ダンジョンに現れるオルトロスは、S級の災害級モンスターなのだ。

そんなモンスターに遭遇してしまい、トモはリセットを覚悟しながらも一縷《いちる》の望みにかけて逃走を試みたのだが、突然現れた幼女がそのオルトロスを手懐けてしまった。

さらに、その幼女は去り際にとんでもないことを口にして――。
「……い、今の女の子、自分のことを『魔王』って名乗っていなかったか？」
《呼んでたね》
《俺の聞き間違いじゃなかったのかｗ》
トモの配信を見ていたリスナーたちが、すぐさま反応する。
怒濤《どとう》のように流れるコメント欄は、トモを気遣う言葉と幼女の話題でもちきりだ。
《トモ様大丈夫？　怪我はない？》
「ああ、あの女の子のおかげで助かったようだ。心配してくれてありがとう」
《さっきの幼女さん、確かに「魔王」って名乗ってたね》
《オルトロスだけじゃなくて、他にもモンスター引き連れてなかった？》
「確かに引き連れていたな。それもたくさん……」
《え？　マジで魔王なの？》
《格好もなんかドギツイ感じで魔王っぽかったよな》
《魔王とかｗｗ　ありえねぇだろｗｗ》
《いや、モンスターがいるわけだし魔王がいても不思議じゃないと思う》
《オルトロスにかじられたのに平気な顔してたしな》
《やべぇｗ　なんかワクワクしてきたｗ》
「……しかしあの女の子、すごく可愛かったな……一体何者なのだろう……？」

《え？　可愛い？》
《トモ様、子供好きなんだっけ？》
「……っ！　い、いや、なんでもない！　す、す、すごい少女だったなという話だ‼」
《確かにすごかった》
《特定はよ》
《てか、もう切り抜き来てんぞｗ》
滝のように流れていくコメント。
トモとリスナーたちの興奮は収まる気配がない。
このときまおは、推しモンやオルトロスこと「わんさぶろう」とダンジョンをのんびり散歩していたのだが――彼女は全く気づいていなかった。
うっかり配信を切り忘れていたせいで、簡単にダンＴＶアカウントを特定されてしまったこと。
そして、現代に転生した魔王だと勘違いされ拡散されてしまったことを。
これが後に伝説となる「魔王まお」の誕生の瞬間である。

【イケメン】トモ様　突撃となりのモンスター　２８９匹目【ポンコツ】

１７６：**名無しのスカベンジャー**
今日はトモ様配信なしか
てかＢＡＳＴＥＲＤ最近調子いいな

１７７：**名無しのスカベンジャー**
昨日だけで渋谷９、青山１１、表参道８制覇だっけ？

１７８：**名無しのスカベンジャー**
今もアリサ嬢がしののんと赤坂１３号ダンジョンに潜ってる

１７９：**名無しのスカベンジャー**
アリサしかかたん

１８０：**名無しのスカベンジャー**
＞＞１７９
アリシンうざ
リセットされる前にアリサスレ戻れ

１８１：**名無しのスカベンジャー**
トモ様はＢＡＳＴＥＲＤの中でも新参だけど、実力はトップだろ
青山１０号はもとより、ソロで１４号の下層行ってるし
そのうち最下層も行くんじゃね？

１８２：**名無しのスカベンジャー**
流石に１４号の最下層にソロは無理だろｗ
行くのはＲＴＡガチ勢くらいだぞ

１８３：**名無しのスカベンジャー**
あいつら頭おかしい
氏んでリセットされるのを恐れていない

１８４：**名無しのスカベンジャー**
てか、氏んでリセットされるのって所持品だけだよな？
そんな怖くなくね？
装備なんて、また拾うかダンカリで買えばいいし

１８５：**名無しのスカベンジャー**
＞＞１８４
新人？
ステータスもオールリセットやで
能力も１から再スタートや
ユニークスキルがなくなるぞ

１８６：**名無しのスカベンジャー**
ユニークスキル再取得ってこと？
クソスキルだったらリセマラできんじゃんｗ

１８７：**名無しのスカベンジャー**
＞＞１８６
残念ながら永遠になくなる
再取得もなし
つまり終わり

１８８：**名無しのスカベンジャー**
まじかよ！
所持品リセットくらいだったら痛くねぇと思って裸で潜ってたわ！
あぶねぇ！

１８９：**名無しのスカベンジャー**
草

１９０：**名無しのスカベンジャー**
毎年出てくるよなこういうの
ちゃんとダンジョンＷｉｋｉ読んでから潜れよ新参

１９１：**名無しのスカベンジャー**
というか、ダンジョンのルールがイマイチわかってないんだけど、ダンジョン内で手に入れたアイテムは外に出ると消えるのか？
持ち出せないんだよな？

１９２：**名無しのスカベンジャー**
＞＞１９１
ちゃんと生還して出られたら消えないぞ
次回ダンジョンに潜ると所持した状態から始まる
どういう原理なのかはしらんけど

１９３：**名無しのスカベンジャー**
あ－なるほど、次の探索までどっかにストックされてるって感じか
マジでゲームみたいだな
サンクス

１９４：**名無しのスカベンジャー**
あれ？　トモ様配信きた？

１９５：**名無しのスカベンジャー**
＞＞１９４
渋谷８号にイレギュラーモンスター出たってさ

１９６：**名無しのスカベンジャー**
渋谷８号だったらイレギュラーでもＣ級くらいか
トモ様なら余裕だな
けど配信ありがてぇ

１９７：**名無しのスカベンジャー**
助かるわ
一日の楽しみがトモ様配信くらいしかない
そんな俺を罵倒してくれトモ様！

１９８：**名無しのスカベンジャー**
＞＞１９７
わかる
あのクールな目で「ゴミめ」とか言われたい
想像しただけでゾクゾクする

１９９：**名無しのスカベンジャー**
＞＞１９７
＞＞１９８
ゴミめ

２００：**名無しのスカベンジャー**
今から渋谷８号に行けばトモ様と会える？

２０１：**名無しのスカベンジャー**
＞＞２００
アシスタントに追い払われるかイレギュラーにやられて終わり

２０２：**名無しのスカベンジャー**
ガンガンいくな

２０３：**名無しのスカベンジャー**
イレギュラー以外眼中にないｗ

２０４：**名無しのスカベンジャー**
出た

２０５：**名無しのスカベンジャー**
出たｗ

２０６：**名無しのスカベンジャー**
鉄・拳・制・裁っ！

２０７：**名無しのスカベンジャー**
俺もトモ様に鉄拳制裁されたい

２０８：**名無しのスカベンジャー**
トモ様今日もふつくしい・・・

２０９：**名無しのスカベンジャー**
おわた

２１０：**名無しのスカベンジャー**
え

２１１：**名無しのスカベンジャー**
ファッ⁉　うそだろ⁉

２１２：**名無しのスカベンジャー**
ちょま、Ｓ級オルトロスきたんだがｗｗ

２１３：**名無しのスカベンジャー**
８号のイレギュラーにＳ級ってマ？
どうなっとん？

２１４：**名無しのスカベンジャー**
【悲報】トモ様リセット確定

２１５：**名無しのスカベンジャー**
Ｓは流石にやばいって
３０号レベルじゃねぇか
誰かＢＡＳＴＥＲＤに連絡しろ

２１６：**名無しのスカベンジャー**
＞＞２１５
アシスタントがやっただろ
オルトロスにやられる直前に

２１７：**名無しのスカベンジャー**
リセットしても配信やめないよね？（´；ω；｀）

２１８：**名無しのスカベンジャー**
＞＞２１７
リセットしたストリーマーの８割やめてる

２１９：**名無しのスカベンジャー**
わいの推しが・・・（´；ω；｀）ブワッ

２２０：**名無しのスカベンジャー**
わいの生きがいが・・・（´；ω；｀）ブワッ

２２１：**名無しのスカベンジャー**
トモ様逃げて！

２２２：**名無しのスカベンジャー**
ファッ⁉

２２３：**名無しのスカベンジャー**
は？

２２４：**名無しのスカベンジャー**
ちょま

２２５：**名無しのスカベンジャー**
嘘だろ

２２６：**名無しのスカベンジャー**
仕事で配信みれてないんだが何があった

２２７：**名無しのスカベンジャー**
>>２２６
トモ様ゲリラ配信開始
渋谷８号でＳ級のオルトロスに遭遇
トモ様大ピンチ
幼女乱入

２２８：**名無しのスカベンジャー**
>>２２７
最後の何？

２２９：**名無しのスカベンジャー**
魔王？

２３０：**名無しのスカベンジャー**
今、魔王って名乗ってたよなｗｗｗマジかよｗｗ

２３１：**名無しのスカベンジャー**
オルトロスが懐いてるんだが

２３２：**名無しのスカベンジャー**
幼女魔王かわいい
オルトロスかわいい
どっちもモフモフしたい

２３３：**名無しのスカベンジャー**
＞＞２３２
やろうとするなよ
いろんな意味で氏ぬぞ

２３４：**名無しのスカベンジャー**
てか他にもモンスター引き連れてね？
やば

２３５：**名無しのスカベンジャー**
うわようじょつよい

２３６：**名無しのスカベンジャー**
幼女魔王か
犯罪の匂いしかしないｗ

２３７：**名無しのスカベンジャー**
魔王とかｗｗｗ
・・・まじで？

２３８：**名無しのスカベンジャー**
格好もド派手で魔王っぽいしガチなやつじゃね？

２３９：**名無しのスカベンジャー**
んなわけあるかおまえら病院いけ

２４０：**名無しのスカベンジャー**
ダンジョンあってモンスターがいるんだから魔王がいても不思議じゃない

２４１：**名無しのスカベンジャー**
ガチ魔王で草

２４２：**名無しのスカベンジャー**
オルトロスに腕噛まれてもニコニコしてたしなｗ

２４３：**名無しのスカベンジャー**
＞＞２４２
普通腕ないなるよな

２４４：**名無しのスカベンジャー**
トモ様のポカン顔レアすぎ
かわいい

２４５：**名無しのスカベンジャー**
というか、特定まだ？

———
———————

５３２：**名無しのスカベンジャー**
魔王様のチャンネル見つけたぞ
配信切り忘れてるっぽい
まおのダンジョンさんぽ→ URL

５３３：**名無しのスカベンジャー**
＞＞５３２
ファッ!?

５３４：**名無しのスカベンジャー**
＞＞５３２
マジかよｗｗｗｗ

５３５：**名無しのスカベンジャー**
魔王様絶賛配信中ｗｗ

５３６：**名無しのスカベンジャー**
魔王だからまおなのかな？
てか、画面真っ暗だけどカメラの電源落ちてる？

５３７：**名無しのスカベンジャー**
寝息だけ聞こえるな

５３８：**名無しのスカベンジャー**
幼女の寝息 ASMR 助かる

５３９：**名無しのスカベンジャー**
ソロでダンジョン散歩てマジ魔王様じゃん
現代に転生してきたのか？

５４０：**名無しのスカベンジャー**
待ておまいら、過去配信でソロで最下層行ってるんだがｗ
これはガチ魔王なやつだろｗ

５４１：**名無しのスカベンジャー**
めっちゃモンスター愛でてるｗｗｗｗｗ

５４２：**名無しのスカベンジャー**
へー、モンスターってこんなに懐くんだー

５４３：**名無しのスカベンジャー**
オルトロス従えとる
マジ魔王

５４４：**名無しのスカベンジャー**
幼女魔王、Ｓ級モンスター手懐ける→ URL
もう切り抜きあった

５４５：**名無しのスカベンジャー**
はええよｗｗｗ

５４６：**名無しのスカベンジャー**
＞＞５４４
仕事早すぎ助かる

５４７：**名無しのスカベンジャー**
魔王にモフモフさせてくれませんかｗｗ
目が血走っとるｗ

５４８：**名無しのスカベンジャー**
だめだったらナデナデさせてって一緒だろｗｗｗｗ

５４９：**名無しのスカベンジャー**
かわいい

５５０：**名無しのスカベンジャー**
オルトロスがドン引きしてるんだが

５５１：**名無しのスカベンジャー**
草

５５２：**名無しのスカベンジャー**
オルトロスにも常識ってあったんだな－

５５３：**名無しのスカベンジャー**
魔王様最高すぎるｗｗ

５５４：**名無しのスカベンジャー**
まおたん可愛い

５５５：**名無しのスカベンジャー**
まおたんprpr

５５６：**名無しのスカベンジャー**
＞＞５５５
通報した

５５７：**名無しのスカベンジャー**
こんな逸材が埋もれていたとは・・・

５５８：**名無しのスカベンジャー**
現代に幼女魔王が転生って、絶対バズるだろ

５５９：**名無しのスカベンジャー**
おまいらここトモ様スレだぞいいかげんにしろ
まおたんかわいい

第一章 魔王様、初手で伝説を作ってしまう

「……何これ？」

朝、スマホがぴろんぴろんうるさいなと思って起きたら、おびただしい数の通知が来てた。

主にダンジョン配信サービス「ダンTV」からの通知っぽいけど……。

【どんくさ丸がチャンネル登録しました】

【上手投げ一本釣りがチャンネル登録しました】

【AZASがチャンネル登録しました……】

「…………何これ？」

何度も目を擦《こす》ってみたけど、やっぱりチャンネル登録の通知だった。

おかしい。

これは絶対おかしい。

まおのチャンネルに、こんなに新規登録者が来るわけがない。

だって、まおのチャンネル……同接《どうせつ》二の超底辺なんだよ？

「なるほど……スマホが壊れちゃったか」

もしくはまおのダンTVアカウントが悪の組織に乗っ取られて、別の人の通知が来ちゃってるとか。

そうだ。絶対そうに違いない。

なんて考えている間にも、ぴろんぴろんと通知がひっきりなしに来る。

いやいやいや。怖い怖い怖い。

やっぱり壊れてるよこれ。

どうしよう。ダンジョン配信はこのスマホでやってるのに。

これじゃあ配信できないじゃん。

「でも、まおは焦らない」

努《つと》めて冷静に心を落ち着かせる。

こんなこと、どうってことない。

だって、こっちには超心強い味方がいるのだ。

ダンジョン配信機材関連のことを管理（丸投げとも言う）しているマイシスターにしてダメ大人のガジェットおたく――「有栖川《ありすがわ》あずき（二三歳彼氏なし）」こと、あずき姉が！

「こういうときこそあずき姉に連絡して――って、ぎょえええっ⁉」

ちょっと待って⁉

画面に見覚えのあるアイコンが出てるなぁって思ったら……配信中になってるううう⁉

なな、なんで配信中⁉

昨日、ダンジョン探索終わったときに切ったよね⁉

……………あれ？　切ったっけ？

というか、もしかして寝顔とか大公開しちゃってた系⁉

まずい、まずいよそれ！

一生消せないまおの汚点《おてん》……完全に黒歴史じゃん！

高速で周囲をサーチして、机の上に配信用のカメラ付きドローンちゃんが置いてあるのを発見。

可愛いウサちゃん柄の布団で体を隠してササッと近づき、電源を落とそうとしたんだけど――。

「あれ？　切れてる」

ドローンちゃんの電源は落ちてた。

な～んだ。よかった。

これなら配信画面は真っ暗だろうし、寝顔は公開されてないよね。

てか、よく考えたら公開しててもどうせ同接は二じゃん。

心配する必要なんてどこにも――。

「……ん？　同接二万……？」
ダンTVの管理画面から配信を切ろうとしたんだけど、妙な数値が表示されていた。
同接数二万人。
ええっと、いちじゅうひゃく……やっぱり二万だ。
え？　何この数字？
表示がバグってる？
配信画面を覗《のぞ》くと、おびただしい数のコメントが流れていた。
《ぎょえええええｗ》
《朝から絶叫あざす》
《この子マジにおもろいな》
《映像なくても笑えるって天才やな》
《まおちゃん登録者二〇万人おめｗｗ》
「……ファッ⁉　なにごと⁉　てか、と、と、登録者数にじゅうまんにん⁉」
慌ててスマホ画面をたぷたぷたぷたぷたぷ。
配信設定……じゃなくて、ダンジョンマップ……でもなくて！
ああもう、鎮まれっ！　まおの指っ！
ようやくたどり着いた、チャンネル管理画面の登録者数。
いつもなら「1」（あずき姉だけ）の数字が悲しく鎮座していたはずなのに——軽く

二〇万人を超えている。

あっはっは。

これは完全にスマホが壊れてますわ！

よし、とりあえずあずき姉に連絡しよう。そうしよう。

機械オンチのまおが触ったらもっと壊れちゃうからね。

「……お、あずき姉から電話だ」

電話しようとしたら、逆にかかってきた。

とりあえず配信を切って（今度こそちゃんと切った）から電話に出る。

「あずき姉おはよ～」

『……まお⁉』

「うん、まおだよ。丁度連絡しようと思ってたんだよね。グッドタイミングゥ♪」

『グッドタイミングゥじゃない！　あんた、すごいことなってんじゃん！　なんであたしに教えてくれなかったのさっ⁉』

「え？　すごいこと？」

って何？

寝癖がすごい？

『どうせ学校で会うからいいかなって思ってたんだろうけどさぁ⁉　ネットでもヤバいことになってるし、そういうのリアルタイムで共有しようぜ⁉』

「……あ～、ね」

『………？』

まおたち、しばし沈黙。

下の階からお母さんの「まお、朝ごはん食べないの～？」の声。

ちなみにあずき姉は、近くのマンションでひとり暮らし中だ。

『……え？　嘘《うそ》？　もしかしてあんた、気づいてないとか？』

「あ～、えと……えへへ、実はさっき起きたんだよね。何かあったの？」

『……まお、ダンTVのチャンネル登録者数見てみな？』

「あ、それそれ。朝起きたらピロンピロンって告知がいっぱい来ててさ。多分スマホが壊れちゃったんだよね。学校でちょっと見てくれない？」

『んなわけあるかい！　こっちでもまおのチャンネル登録者数は確認してるから！　にじゅうまん！　二〇万人だよ！』

「あ～……え？」

ぼんやりとしていた頭が次第にシャキッとしてくる。

そこ。いつもぼんやりしてるとか言わない。

「……え？　え⁉　えええっ⁉　ウソ⁉　てことはこの二〇万人って、ガチな数字なの⁉」

『ガチもガチ！　大ガチだっつの！　おめでとう！　苦節ウンか月……ようやくまおも

人気配信者の仲間入りだよっ！　お姉ちゃん、やっとまおのヒモになれそうでうれしいっ！』

「ふぁあああああああああっ⁉」

ちょま⁉

嘘でしょこんなの⁉

だって昨日まで登録者数一だったじゃん！

なんで⁉

なんで急にこうなった⁉

まお、なんかやったっけ⁉

「どうして⁉　どうして急に二〇万人も⁉」

『え？　マジで言ってんの？　本人が知らないってウケるんだけど。ネットで『魔王』って検索してみ？』

「ま、魔王？」

スマホをスピーカーモードにして、ネット開いてたぷたぷたぷ。

ええっと、魔王っと。

一番上に表示されたネットニュースの記事を開く。

「……え～と、なになに？【驚愕《きょうがく》の事実！　現代に魔王降臨《こうりん》か⁉　渋谷八号ダンジョンでモンスターを引き連れている幼い魔王の姿が確認された――】……へぇ～、現代に魔王なんているんだ。でも、ダンジョンがあるんだから魔王がいても不思議じゃないよね？　てか、これとまおに何の関係が？」

『魔王本人が何言ってんだか。クソワロ』

「…………は？」

まおが魔王？

はは、何言ってんだこいつ。

酒癖が悪いってのは知ってるけど、朝っぱらから酔っ払ってんのかな？

可愛いモンスちゃんを愛《め》でてるだけの人畜無害《じんちくむがい》なまおが、魔王なわけないじゃん。

冗談はよし子ちゃんだよ。

なんて心の中で笑いながら、記事に掲載されていた「この幼女が魔王なのか⁉」と題された動画を再生してみたところ、一瞬で笑顔が吹き飛んだ。

薄暗いダンジョン内。

銀色に輝く巨大な狼。

その前に立つ、銀髪に紫メッシュを入れたぱっつん前髪のちっこい女の子。

『ね、ねぇ狼たん！　ちょっとまおにモフモフさせてくれませんかっ⁉　だめだったらナデナデだけでいいので！　むり？』

「……」

すーはーすーはー。

深呼吸して、もう一回再生。

『ね、ねぇ狼たん！　ちょっとまおにモフモフさせてくれませんかっ⁉　だめだったらナデナデだけでいいので！　むり？』

「……」

あ〜、うん。

これ、まおだわ。

＊＊＊

自宅マンジョンから徒歩五分。

まおが通っている、私立天草《あまくさ》高校。

なんの変哲もない私立高校で、偏差値も並。

文武両道なんてありきたり――じゃない、すばらしい校訓を掲《かか》げてるけれど、目立った実績を残してる部活動や生徒はいない。

そんな高校に進学したのは、自宅からめちゃくちゃ近かったから。

だって、めんどいじゃん？

まお、長時間歩くの苦手だし。

ちっこいから歩幅、狭いし。

そんな天草高校のはじっこにある第二部室棟（という名のただのボロ校舎）の一階にある「ダンジョン部」の部室――。

ダンジョン部とはその名の通り、ダンジョン探索《たんさく》や配信に取り組む中でチームワークやコミュニケーション能力、IT技術を磨《みが》くという清く正しく美しい部活動。

まぁ、部員が足りなくて廃部の危機に陥《おちい》っているけど。

部に入らなくても、ダンジョン配信やりたい人は勝手にやっちゃってるから仕方ないよね……。

なんて、そんなことはどうでもよくて。

ここにいるあずき姉に用事があって、朝早くから来たんだけど――。

「……お、来たな、現代に転生してきた魔王様」

「ま、ま、まおさん……っ！」

部室のど真ん中にデデンと鎮座《ちんざ》していることたつに足を突っ込んでいたふたりが、まおを見て全く正反対の反応をした。

ニヤリと頬《ほお》を吊り上げた大人の女性は、マイシスターのあずき姉。

そして、こたつの下に隠れたのが我がダンジョン部のマスコット、天童《てんどう》ちずることちずるんだ。

そんなちずるんが、恐る恐るこたつの中から顔を覗かせる。

「お、おは……おはよう……まおさん……」

「おはよ、ちずるん。えっへっへ、今日も可愛いね～」

「……うひっ⁉」

あ、びっくりしてまた引っ込んじゃった。

だけど、さくらんぼのヘアゴムがぴょこぴょこ見えてるのが可愛い。

朝からちずるんに会えるなんてラッキー！

ちずるんは同じ学年なんだけど別のクラスだし、部活にもたま～にしか来ないんだよね。

「てか、なんで朝から部室に集まってるの？」

「そりゃあ、昨日あんたがやらかしたことを話すために決まってるでしょ」

へっへっへと不敵な笑みを浮かべるあずき姉。

ちなみに、どうしてマイシスターがこんなところにいるのかというと、彼女は天草高校の教師にしてダンジョン部の顧問なのだ。

黒髪ストレートにぱっちりとした目。

造形はしっかりしていて、妹のまおが言うのもなんだけど、すごく美人さんだと思う。

その証拠に、学校の男子に聞いた「放課後にデートしたい女性」のナンバーワンに二年間君臨している。

アイドルやタレントを差し置いてるところがガチだよね。

だけど、その素晴らしい素材を台無しにさせてるのが、その性格だ。

三度の飯より酒が好き。

さらに、幸運ゼロのギャンブル狂。

三〇歳までに結婚できなかったらまおのヒモになると豪語してる超ウルトラ駄目人間。

もちろん彼氏はいない。

ちなみに、いまあずき姉が入っているこたつは彼女が無断で持ち込んだもので、いつもここでグータラしている。

とはいえ、最新のガジェットとかＩＴに強く、お金を持ってるのでダンジョン配信の機材関連で頼りにしているんだけどね。

はい。あずきお姉様には、すんごくお世話になってます。

「あ、あの……」

ぴょこっとちずるんが、こたつの中から再び顔を出してきた。

「ま、まおさんのことがすごい話題になってるみたいだよ……？」

「あっ！　そうそう！　そうなんだよ！　ちょっと聞いてよ、ふたりとも！」

「……あひゃっ⁉」

無理やりちずるんの隣に体をねじ込む。

「ねぇ、どうしよう⁉　ネットでまおが魔王になってたんだけど！」

登校中にスマホで調べたんだけど、ネットでまおのことが「現代に転生してきた魔王」と勘違いされまくってたんだよね。

あの記事に掲載されてた切り抜き動画は、すでに五〇〇〇万回くらい再生されてたし。まおのダンTVチャンネルも特定されているっぽくて、それで大量に登録者がきちゃったみたい。

すごく嬉しい半面、現実味がないし、ちょっと怖いってのが正直なところ。

「あっはっは、いい顔するねぇ」

あずき姉にヨシヨシと頭を撫《な》でられた。

おいやめろ。

まおは子供じゃないんだぞ。

撫でるなら、ちずるんの頭にしろ。

そして、まおにも撫でさせろ。

「こ、これ」

ちずるんがオドオドしながらスマホをスッと差し出してきた。

そこにはツリッターの画面が映っていて。

「ネ、ネットだけじゃなくてSNSでも話題になってる……ま、『魔王』がトレンド一位だし……」

「マ、マジで？」

それは知らなかった……。

てか、トレンド一位って結構すごいのでは？

たくさんの人が魔王を話題に出してるってことだよね？

あんまり喜ばしくない気はするけど！

「でも、そもそもの話なんだけど、なんでまおが魔王なんかに勘違いされてるのかな？」

「ん～、名前が似てるから？」

のほほんとあずき姉。

え⁉　そこ⁉

「――てのは冗談として、あんたのユニークスキルのせいじゃない？　なんだっけ？【従属化】だっけ？」

「い、【以心☆伝心】です……っ！」

「【以心☆伝心】だよっ！」

ちずるんと同時に修正。

そこ、間違えないで。

まおの超絶センスでリネームしたんだから。

「まぁ、なんでもいいけど、とにかくそのユニークスキルでS級のヤバいモンスターを手懐《てなず》けたから魔王と間違えられたんでしょ」

「S級……？」

はて？

そんな怖いモンスターと遭遇《そうぐう》した記憶はないけど？

「まおさん、これ……」

「ん？　切り抜き動画？」

ちずるんが見せてくれたのは、記事にも載っていた切り抜き動画。

——だと思ったけど、どうやら切り抜きの元になった誰かの配信アーカイブぽい。

「……ア、アーカイブはまだ公開されてなかったけど、ブルートフォースアタックでダンＴＶのアカウントに侵入してダウンロードしておいたよ……」

「……そっか、ありがと！」

よくわかんないけど、多分、不正アクセスの類《たぐ》いなんだろうな。

何を隠そうちずるんは、こんな可愛い見た目をして天才的なハッカーなのだ。

とある幼馴染《おさなな じ》みのスカベンジャーさんのサポートをしているみたいなんだけど、インターネッツでドローンにＡＰＩ接続で遠隔操作して、ダンジョン内を偵察してるとか。

自分で言ってて全くイミフなんだけど、とにかくちずるんはすごいのだ！

「で、この動画がどしたの？」

「と、とと、とにかく観て……」

「おけまる」

ちずるんが動画を再生させる。

多分、昨日まおが「わんさぶろう」と仲良くなったところに居合わせたスカベンジャーさんの配信だね。

動画がはじまって、ドローンカメラがスカベンジャーさんの前に降りてくる。

思わずギョッとしてしまった。

その配信者さん、よく知った人だった。

「あわ、あわわわわわ……も、もしかしてこの人って」

「そ。泣く子も黙る天下のスカベンジャー事務所『BASTERD』所属の超新星、神《かん》原《ばら》トモ様。まおも知ってるでしょ？」

「知ってるもなにも！　超大好きだし！　ファンだし！　まおの憧れだし‼」

スカベンジャーをやってる人なら、知らない人はいない超人気配信者！

トモ様の配信、毎回観てるもん！

「……ていうか、ちょっと待って？　もしかしてまおが推しモンちゃんたち愛でているところ、トモ様に見られてた⁉」

「見られてたっていうか、S級モンスターに襲われてたトモ様をまおがうっかり助けたっていうか」

「はあああああ⁉」

なにそれ⁉

え⁉　ウソ⁉

S級モンスってわんさぶろうのこと⁉

や、確かに可愛さはS級だったけど、噛《か》まれても全然痛くなかったよ⁉

というか、あの場所にトモ様いたの⁉

うわぁあああっ！　し、失敗したぁあああ！

サインもらっとけばよかったぁあああああ！

『よし！　最下層に行くよ！　みんなまおについてきて！』

スマホで再生されているトモ様のアーカイブ動画の音声が部室に広がる。

颯爽《さっそう》と現れたまおは、わんさぶろうと推しモンちゃんたちを引き連れてダンジョンの闇《やみ》へと消えていく。

『なっ、なっ、何だったのだ、今のは……っ⁉』

トモ様の驚いたような声。

コメント欄に《さっきの幼女、確かに「魔王」って名乗ってたね》とか《格好もなんかドギツイ感じで魔王っぽかったよな》とか流れている。

ん～……正直なところ、まおも同じ意見かな？

まおの名前を魔王と聞き間違えられたってのもあるけど、モンスターいっぱい引き連れてるし、傍から見たら完全に魔王だよね♪

――とか、ノリツッコミしてる場合じゃなくて！

「こっ、困るよ、あずき姉！　まお、可愛い清楚《せいそ》系で売り出してるのに！」

「あはは、この動画、何度見てもウケるわ」

「ウケないで⁉」

「まぁ、いいじゃん。売れればこっちのもんだし」

「ええっ⁉　や、やだよ魔王なんて！」

幼いイメージを払拭《ふっしょく》したくて髪の毛を銀色にしたり、ちょっと大人っぽい服装でダンジョンに潜《もぐ》ってたけど、魔王なんて有栖川家の汚点《おてん》になっちゃうじゃない！

親戚に合わせる顔がなくなっちゃうよぉ！

なんて心の中で泣き叫んでたら、ガラッと部室のドアが開いた。

「おはようございます」

現れたのは、ひとりの男子生徒。

コレと言って特筆すべき特徴がない、実に地味な見た目の男の子だ。

あずき姉がひらひらと手を振る。

「あ、おはよう小鳥遊《たかなし》くん」

「……うあっ」

「……うげっ」

ちずるんと一緒に変な声が出ちゃった。

この男子生徒の名前は、小鳥遊ワタル。

数少ないダンジョン部の部員にして、部長を任されている一年上の先輩だ。

本来なら部長でもあり先輩でもある小鳥遊くんが来たら、挨拶《あいさつ》のひとつでもするべき

なんだろうけど、つい胡散臭《うさんくさ》い視線を送っちゃう。

「いやぁ、聞いてくださいよ先生」

小鳥遊くんがため息交じりでまおたちのそばにやってくる。

「俺、昨日の配信も同接八〇いっちゃいましてね。一昨日より五%も増えちまったんですよ。この調子でいくと、そのうち同接一〇〇超えちゃいますよ」

「うんうん、そうかそうか。相変わらずウザいね、小鳥遊くん」

にこやかにあずき姉が毒を吐く。

その意見には激しく同意だけど、教師&顧問のセリフとしてどうなのよそれ。

でも、小鳥遊くんっていつもこんな感じなんだよね。

ダンジョン部の中で一番登録者数が多いってのは認めるけど、ちょっと上から目線っていうか、すぐマウントを取ってくるっていうか。

まお、すごく苦手。

多分、ちずるんも苦手なんだと思う。

だってほら、完全にこたつの中に隠れちゃったし。

「ああ、そうだ。有栖川はどうだったワケ？」

「え？　まお？」

「あ、ごめん。聞くまでもなく同接二か。ぷぷっ」

「……っ⁉」

ほらきたウザい！

「そ、そんなことないよ。昨日、ちょっとすごいことがあって、チャンネル登録者も増えたんだから！」

「へぇ？　昨日の時点で一だったから二に増えたとか？　ま、俺の八〇〇人には遠く及ばないだろうけど、一応聞いとくよ」

ニヤケ顔でのたまう小鳥遊くん。

この野郎……目にもの見せてやるから待ってろよ。

素早い動きでダンTVの管理画面を開き、チャンネル登録者数を確認。

「……え」

その数値を見て、固まってしまった。

「あ？　どうした？　まさか一人だった登録者がゼロになってたとか？」

「ごめん。朝見たときは登録者数二〇万人だったんだけど……いま五〇万人になってた」

「あはは、やっぱり五………………はぇ？」

「おほっ、五〇万。すんごぉ」

ぽかんとする小鳥遊くんのとなりで、ケラケラと笑うあずき姉。

こたつの中から「……さ、流石《さすが》ですまおさん……」と、ちずるんの声がした。

ちょ、ちょちょ、ちょっと待って？

五〇万人とか見たことない数字すぎて、てっ、てっ、手が震えてきたんですけど。

ひょっとして、見間違いかな？

指差し確認しながら、いち、じゅう、ひゃく……やっぱり五〇万人。確認ヨシ！

うひゃあああああ⁉

本当に五〇万人いってるううううううう⁉

てか、待って⁉　登録者数五〇万人ってことは五〇万の人が、まおのこと魔王って勘違いしてるってことじゃない⁉

まずいですよそれは！

どど、どうしよう……。

はやくまおは魔王じゃないって広めないと。

このままだと、まおのプリティで可憐なダンジョン配信者生活が、一〇〇〇年モノの黒歴史になっちゃうよぉ！！！

＊＊＊

その日の放課後。

まおは学校から電車で数駅のところにある表参道に来ていた。

表参道といえばおしゃれな有名ブランド店が立ちならぶ大人の街……。

まおもいつか表参道に似合うようなセクシーでかっこいい大人の女性になるのが目標なんだけど、今日ここに来ているのはダンジョン配信のためだ。

「……うわぁ、もう八〇〇〇万再生行ってるよ」

まおが観ているのは、わんさぶろうとまおが仲良くしている切り抜き動画。

ほんと、困っちゃうなぁ。

わんさぶろうに罪はないんだけど、この動画のせいでまおが魔王だって広まっちゃってるようなもんだし。

これ、どうにかして削除できないのかなぁ？

あずき姉ってそういうの詳しいから聞いてみたけど、「これがデジタルタトゥーの恐ろしさってやつだよ……ふふふ」ってドヤ顔されただけだった。

なんだよデジタルタトゥーって。

まお、入れ墨なんてしてないもん。

チャンネル登録者数も五〇万人を超え、魔王まおの名前は猛烈に広がりつつある。

というか、改めて五〇万人ってヤバいよね。

そこそこの大きさがある都市と同じ数の人が、まおのチャンネルを観てるってことでしょ？

ああ、また手が震えてきた。

こうなったらしばらく身をひそめるか、別の名前に転生してダンジョン配信を続けるべきなんじゃ――なんて思ったんだけど、あずき姉から「あんたはアホの極みか。大豊作の収穫期にずる休みする農家がどこにいる」って真顔で言われちゃった。

よくわからなかったけど、バズった今こそ配信するべきだってことらしい。

だからこうして急遽《きゅうきょ》ダンジョン配信をやることにしたんだけど……うう、やっぱり五〇万人を前に配信するとか怖いよぅ。

「……でも、がんばらなきゃ」

そう。まおはがんばらないといけないのだ。

魔王の汚名を返上しないと、まおは有栖川家最大の汚点になってしまうのだから！

親戚の叔父さんに「魔王まおちゃん（ワラ」なんて言われたら発狂しちゃう。

「よし、着いた」

青山通りから裏路地に入ったところにある雑居ビルの一階。

ここが表参道一五号ダンジョンの入り口。

結構大きめのスペースなんだけどスカベンジャーさんの待機フロアになっていて、みんなここで所持品の最終確認とか、配信機材の確認なんかをやっている。

所持品というのはダンジョン内で手に入れたアイテムのこと。

どういう仕組みなのかはわからないけど、アイテムは外に持ち出すことができず、次回ダンジョンに入ったときに所持した状態にもどるのだ。

そんなアイテムはダンジョンの中で見つけたリュックの中に入れて持ち歩くのが常識

になっている。

　収納は外から持って入ることもできるんだけど、荷物がかさばっちゃうからね。

　まおも腰のポーチの中に全部入れてるし。

　このポーチって見た目は小さいんだけど、旅行で使うバックパックくらいアイテムが入るすぐれものなんだ。

　青山五号ダンジョンで見つけた、まおのお気に入り！

　てなわけで、待機フロアってそんなアイテムを整理したり事前準備をする大切な場所なんだけど、もうひとつだけ重要な役割がある。

　それが強制帰還場所。

　つまり、ダンジョン内で死んじゃったら、ここに転送されることになるんだ。

　いわゆる「オールリセット」ってやつだね。

　前に一度だけその場面に遭遇しちゃったけど、フロア全体がお通夜ムードになってたんだよね。

　所持品はもちろん、能力やユニークスキルまでなくなっちゃうから、そうなっちゃうよね……。

　リアルに命は奪われないけど、スカベンジャーとしての命は奪われる。

　それが忌《い》まわしきオールリセットなのだ。

「……お、おい見ろよ。あれって例の子じゃね？」

と、まおの近くで探索準備をしていたスカベンジャーさんの声がした。

ちらりと見ると、驚いたような顔でこちらを見ている。

「え？　誰？　知り合い？」

「おいおい、お前、知らねぇのかよ？　現代に転生してきた魔王って噂《うわさ》のスカベンジャーだよ」

「……は？　転生してきた魔王？」

「S級のオルトロスを手懐けて、高レベルダンジョンをソロでバンバン攻略してるんだと」

「え？　ガチで？　ちょっと調べてみるわ」

ぽちぽちとスマホをいじるスカベンジャーさん。

「魔王まお……マジかよ！　可愛い見た目なのにすげぇな！　やっべぇ、俺、サインもらってこようかな⁉」

「おい、やめとけ！　相手はリアル異世界の魔王様だぞ⁉　問答無用でリセットさせられるぞ！」

ヒソヒソ……ヒソヒソヒソヒソ。

彼らだけじゃなく他のスカベンジャーさんたちも遠巻きにこちらを見ながら魔王の話をしている。

ううう、やっぱり変な方向でまおの噂が流れちゃってるよ……。

みんな、大丈夫だよ！

話しかけてきても、まお、食べたりしないから！

ちょっとだけ推しモンちゃんたちの可愛さをアピールしちゃうかもだけど！

「と、とりあえず、配信はじめよ……」

考えると胃がキリキリと痛くなっちゃうので、探索の準備をはじめる。

学校の制服から魔法少女っぽいプリティまおのダンジョン探索スタイルに着替え（ダンジョンに来るときはいつも制服の下に着ているのだ）、制服はそなえつけの一〇〇円ロッカーにしまう。

学校のカバンの中からカメラ付きドローンちゃんを取り出してスイッチオン。

そして、スマホの配信アプリを起動。表示されてる「配信開始」ボタンを押せば配信がはじまる……んだけど、それはダンジョンに入ってから。

こんなふうに、機材が揃《そろ》っていたら誰でも簡単に配信ができちゃうのも人気の秘密だったりする。

機材が動いていることを確認して、いざダンジョンへ。

手書きで「ダンジョン入り口はこちら」と書かれているドアを開くと、石造りの通路が延びていた。

この雑居ビルの広さからすると、このドアを開けると外に出ちゃうはずなんだけど、多分、魔法か何かで異世界に繋《つな》がってるんだと思う。

仕組みは未だにわかっていないけど、これがダンジョンなのだ。

通路の脇に並ぶ柱には篝火《かがりび》のようなものがかけられていて、ぼんやりとダンジョンを明るく照らしている。

表参道一五号ダンジョンは中世風のお城……というより、遺跡っぽい雰囲気で、まさにダンジョンって感じがする場所なんだよね。

「よ、よし」

震える手で配信開始をぽちっ。

どれくらいのリスナーが集まるんだろうとドキドキしていたら、すさまじい勢いで同接のカウンターが増えていく。

「あ、え？　わ、わ、わ？」

いち、じゅう、ひゃく……。

ま、待って待って⁉

いきなり一〇〇〇人を突破したんですけど⁉

いつものまおの同接、ふたりなんですけど⁉

「あわ、あわ、わわわわ」

困惑するまおをよそに、同接の数値に落ち着く気配はない。

みるみる万単位に届きそうになって……よし！　これ以上数字を見てたらポンコツになっちゃうから、確認するのはやめておこう！

「……あ、そうだ。あずき姉から『リスナーのコメントをいつでも拾えるように、ARコンタクトレンズにポップアップしとけ。トップ配信者の嗜《たしな》みだから』って言われてたっけ」

ARコンタクトっていうのは、色々な情報を視野の中に表示できるホログラムコンタクトのことで、今日、あずき姉から借りてきたんだよね。

だってこれ、買おうと思ったらウン十万もするんだもん。

可愛い女子高生には手が届きませ～ん。

さて。コンタクトを入れて、スマホのコメント欄をオンにして――。

「み、みなさん、こんにつわ～……」

《あ》

《キタああああああ！》

視界の端にウインドウが現れ、コメント欄が表示される。

おお、すごいぞARコンタクト。

《お！　魔王様！》

《おおおお、本物の魔王様だ！》

《かわいい》

《魔王様》

《いや、かわいすぎか》

《マジで幼女魔王じゃんｗ》
《人形みたい》
《魔王様ご機嫌いかがですか？》
「ふぇ⁉　はわ、はわわわわ……」
数字の次はコメントの嵐。
猛烈な勢いで色々なコメントが流れていく。
いやいや、ちょっと流れが速すぎて追いきれないよ！
みんな！　お、お、おちんついて！
「え、ええっと……どうも、ま、まおです」
ドローンちゃんに向かってニッコリ。
あ、ちょっと顔が引きつってる気がする。
《かわいい》
《緊張しててかわいい》
《目が泳いでて草》
「えと、あの……ほ、本日はお日柄もよく、皆様に至ってはご愁傷《しゅうしょう》さまで……」
《草》
《なにをいっとる》
《まおたん落ち着いて！》

《かわいいがすぎる》
《昨日の寝息ＡＳＭＲ最高でした！　またやりますか？》
「ね、寝息⁉　や、やりませんよ！　昨日のは事故ですから！」
うひ～ん！
やっぱりまおの声が配信に乗ってたの⁉　はずかしいいいいっ！
《まおさんは本当に魔王様なんですか？》
《異世界から転生してきた魔王なんですよね？》
「うえええ⁉　ちち、違いますってば！　魔王じゃなくて、まおだから！」
《？？》
《魔王じゃなくて魔王？》
《わかってる》
《わかってる》
《そりゃそうだｗｗ》
《魔王は魔王じゃなくて魔王。なるほど哲学的だな・・・》
《魔王様、お気を確かに！》
「ふえええ⁉　だから違いますってば！」
だっ、だめだ～！
魔王じゃないって証明できる気がしないっ！

……いや待て落ち着け。諦めるのはまだ早いぞ。

ここでまおは人畜無害の可愛い配信者ということをしっかり見せることができれば、みんなも納得してくれるはず。

よし。まずは自己紹介から可愛くいこう！

「ま、まおのことを知らない人も多いと思うので、自己紹介させていただきますね。主にダンジョンをのんびり散歩して、可愛い動物たちを紹介する配信をしているまおです♪　まおたんって呼んでね♪」

ええと……どうしよう？

えいっ！　あざとく、ウインク！

きゅるん♪

ほら、見て！　まおは無害だよっ！

《知ってる！》

《可愛い動物（意味深）》

《ダンジョンに住んでる可愛い動物かぁ……何ンスターだろう？》

《あれを紹介といっていいのかw》

《モロに毛の中に顔を埋めてたもんな》

《忠実な部下を探してるんだよね？》

《まおたんがS級モンスター愛でてる切り抜きから来ました！》

はうっ！　それは見ないでいいです！

「あ、えと……違うんです！　あれはその、手違いというか……」

《手違い》

《草》

《手違いにしてはニッコニコだったけどなw》

「基本は配信外でモフってるんです！　まおを信じて！　ちょらすとみー！」

《ちょら？　なんだって？》

《配信外でモフってる》

《結局モフってるんかいwwww》

《言い訳になってなくて草》

《おろおろしてるまおたんかわいい》

《これが魔王の貫禄か》

《魔王軍を作ってるんですよね？》

《世界征服を企《たくら》む魔王様の配信はここですか？》

せっ、世界征服⁉

「だ、だから違いますってば！　まおの配信はのんびりダンジョンを散歩して、可愛いモンスちゃんを紹介して……あ、でも、ときどき愛でちゃったりするんですけどね……むふっ……」

《顔ｗ》
《おもわずにやけてて草》
《ｗｗｗｗ》
《魔王様、お顔が！》
あ、やばい、自然と笑みが。
いかんいかん。
「と、とにかく、そんなふうに可愛いモンスちゃん紹介しながらのんびりダンジョンを散歩して回るだけの平和的な配信なんですっ！」
《かわいい》
《まおたんかわいい》
《てか、モンスちゃんてｗｗ》
《モンスターをそんな名前で呼んでる子、初めてみた》
《流石は魔王様だ》
《流石魔王》
《さすまお》
《さすまお》
「…………」
解《げ》せない。

この説明で「そっか～、勘違いだったのか～」とか「魔王じゃなかったんだね、安心した」とか「モンスちゃん可愛い」とか、そういう反応が返ってくるはずだったのに。
もしかしてこれ、まおの可愛さアピールが足りてない？
《まおたんがかわいいのは理解した》
《今日も下僕《げぼく》を探しに行くんですか？》
《トモ：まおさん、昨日は助けてくれてありがとう》
《かわいいは正義》
《え》
《は？》
《うお、マジか》
《ウソだろｗ》
《トモ様⁉》
《トモ様きた～！》
「……ファッ⁉　トト、トモ様⁉　どこどこ⁉」
周囲をキョロキョロ。
え？　どこにもいないですけど？
《ちがうそうじゃない》
《そっちじゃない》

《コメ欄だよｗｗ》

え？　コメ欄？

ウソっ⁉

流れが速すぎで全然わからなかったんですけど⁉

コメ欄をスワイプしてトモ様の発言を探すけど、次々と新しいコメントが来て戻せない。

ええい！　鎮《しず》まらんかリスナーども！

ダンジョン探索で鍛えた俊敏力を生かして、コメント欄を高速スワイプ！

うあああああっ⁉

本当にトモ様がコメントしてくれてるぅぅぅぅぅぅうう⁉

「どっ、どど、どうしてトモ様がまおの配信なんかに⁉」

《トモ：昨日のお礼が言いたくて。まおさんのお陰でリセットされずに済んだ。本当にありがとう》

「そ、そんな、滅相もない！　まおはただ、珍しくて可愛いモンスちゃんがいるなって思って、ちょっとモフろうとしただけなので……」

《正解》

《うん、正しい》

《嘘偽りはない》

《正直な子》

《動機は不純だけどなｗ》

《トモ様がツリッターで魔王様のこと呟《つぶや》いてるよｗ》

「……うえええええっ⁉」

びっくりして光の速さでスマホを取り出し、ツリッターをチェック。

……え、ちょっと待って⁉

トモ様のツリートを確認する前に、まおのツリッターフォロワーが一〇万人突破してるんですけど⁉

通知が「999＋」みたいにバグってる！

はじめて見るよ、こんなの！

こ、怖いよ！

「……ええっと、トモ様のツリッターは……ファッ⁉」

トモ様のツリートには、確かにまおのツリッターIDが。

――可愛いストリーマーを見つけてしまった　@maomao114514
これは夢か幻か。

あのトップダンジョン配信者のトモ様が、まおのこと可愛いって言ってる……。

「デュフ……ッ」

《ｗｗｗ》

《ちょ、顔ｗｗ》
《魔王様、また顔が》
《草》
《あまり他人に見せないほうがいい顔してますよ》
《かわいい》
《可愛い助かる》
《トモ：まおさんのこと、色々教えてほしい》
「も、もちろんです！　こういうこともあろうかと、探索準備そっちのけでしっかり用意してきたんですから！」
《探索準備そっちのけ》
《草》
《それをそっちのけちゃだめだろｗ》
《さすまお》
あずき姉から「バズった後の一発目の配信が超大事だから、まおのことを知ってもらうためにわかりやすい写真とか用意しとけ」って口酸っぱく言われたんだよね。
そういうの大事だよね！
だって自分の写真を見せながらちゃんと説明すれば、魔王じゃないってこともわかってもらえるはずだし。

いやぁ、さすがはあずき姉だなぁ。
二三年も彼氏なしで生きてきただけある。
「はい！　みなさん見てください！　どどん！　これがまおの骨格です！」
《は？》
《え？》
《ファッ！》
《レントゲン写真？》
《トモ…⁉》
へっへっへ。
どう？　これでまおのこと、ちゃんとわかってもらえるよね？
こんな骨格した魔王なんているわけないし。
学校が終わって、かかりつけの病院に行ってレントゲン写真をコピーしてもらったんだ。
どうよ？　このフッ軽さ。
おののけリスナーども！
《マジかよ》
《草草草》
《いやいやw》

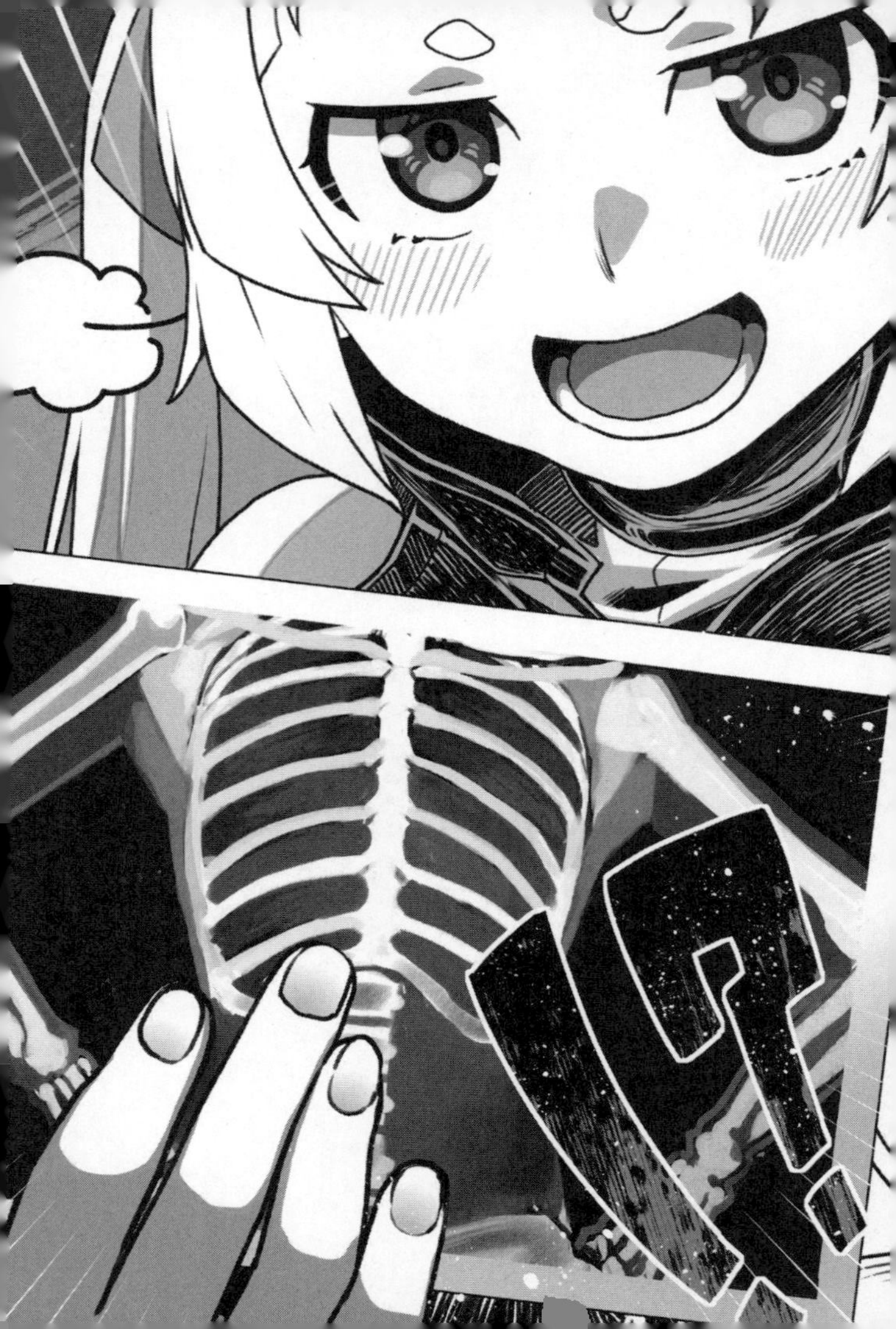

《骨格？》
《どどんじゃねぇよw》
《狂気wwwww》
《レントゲン写真は斬新すぎる》
《さすまお》
《魔王様、赤裸々すぎます！》
《見せてくれるなら、もう少しだけ外側の肉々しい部分がいいかな》
《→通報した》
《あずき：まお、どうしてこうなった・・・》
「……あれぇ？」
おかしいな？
想像していた反応とだいぶ違うんだけど？
まおの骨格、おばあちゃんからも「いい骨してるね」って高評価なんだよ？

＊＊＊

配信開始から一〇分が経過。
残念ながら準備してきた骨格大公開はいまいちな反応だったから、散歩がてら質問タイムに入ることに。
すでに色々質問されちゃってるけど、本格的にね？
ちょっと雑談配信みたいになっちゃってるけど、いいよね。
可愛い推しモンちゃんたちは後でしっかり紹介するから、待っててね、みんな！
《魔王様はどうやってモンスターを手懐けているんですか？》
お、早速それっぽい質問が来た。
「魔王じゃなくて、まお、ね。手懐けてるっていうか、まおのユニークスキルのおかげで仲良くなれるんですよね。【以心☆伝心】ってスキルなんですけど」
《可愛い》
《スキル名も可愛いか》
《初めて聞くユニークスキルだな》
「最初は【従属化】ってスキル名だったんですけど、可愛くなかったから変えちゃいました」
《変えたwwwww》
《草草草》
《いや、変更前のほうが絶対いいでしょw》
《センスどこいった？》
《というか、スキル名って変えられるのか》

《普通は変えられませんよ、魔王様》
「え？　そうなの？」
普通に変えられたけど？
《魔王様はどのくらいの実績をお持ちなのですか？》
「だから魔王じゃなくて、まおだってば！　実績って、スカベンジャーの実績ですよね？　ええっと……渋谷二〇号ダンジョンは最下層までソロでクリアしたかな？」
《は？》
《すごｗ》
《さらっと爆弾発言》
《トモ：ほんとうなのか⁉》
《渋谷二〇号って、超高ランクダンジョンじゃねぇかｗ》
《しかもソロてｗ》
《ＲＴＡガチ勢でも無理だぞそれ》
《ウソ乙》
「う、うそじゃないですよ！　その証拠に……ほら、【この指と～まれ♪】」
指を掲《かか》げてスキル発動。
すぐにダンジョンの奥から一匹の推しモンちゃんがやってきた。
体の大きさは、ゆうにまおの倍くらいはあるかな。

大きい体で筋肉マッチョ。

だけどお顔は可愛い牛さん。つぶらな瞳がたまらない。

う～ん、このアンバランスさが可愛いすぎるぅ！

《トモ：すご》

《やば》

《草草草》

《ウソだろ》

《ミノタウロスｗｗｗ》

《うぎゃあああ⁉》

《まてまてまてまて》

《渋谷二〇号のダンジョンボスじゃねぇか！！！！！》

《俺の古傷が・・・》

《俺のトラウマが・・・》

《いやいやいや、マジで渋谷二〇号踏破したんかよｗｗｗ》

あ、よかった～。

みんな信じてくれたみたい。

「みろろん、みなさんに挨拶して」

「ぶも～（おじぎ）」

《み・ろ・ん》
《やっぱりセンスない》
《wwww》
《みろろん賢い》
《おれたちは何を見ているんだ》
《さすまお》
《トモ：さすまおだ》
《え、みろろんかわいい》
《かわいい・・・のか？》
《可愛い気がする》
「あっ、ですよね⁉　わかりますよね⁉　みろろんって、すごく大きな体をしているのに瞳はつぶらなんですよ！　最初に合ったときも手を出したら甘噛されて、仲良くなりたいってアピられちゃって。いひひひ……」
思い出すなぁ。
ちょっと暴れたりしたけど、あれってきっと恥ずかしかったからなんだよね。
ふふっ、可愛い。
《あま・・・がみ？》
《それ、甘噛みじゃなくて捕食《ほしょく》しようとしてたんじゃね？》

《さすまお》
《てか早口だな》
《あずき：まお、大好きなモンスターの話になると早口になるのキモいから》
《→やめなよ》
《さっきからチョイチョイいるあずきさんって、もしかして魔王様の関係者？》
《あずき：姉です。うちの幼女魔王をよろしくおねがいします》
《姉⁉》
《魔王様にお姉様が⁉》
《お姉さん！》
《姐《ねえ》さん！》
「ちょ、あずき姉⁉」
うちの幼女魔王って何⁉
まおは魔王じゃなくて、可愛い清楚系キャラでいきたいって口酸っぱく説明したよね⁉
あずき姉の登場が引き金になったのか、リスナーさんたちの「まおたん」とか「まおちゃん」呼びは完全に消え去り「魔王様」一色になっていく。
解せない。
本当に解せない。

なんで配信開始のときより、魔王の汚名が広がってるわけ？

こうなったら……本気を出すしかない。

奥の手を使って、まおは可愛い無害キャラだってアピールしまくってやる。

つまり、モンスちゃんを愛でる！

配信中にやるのは忌避《きひ》してたけど、モンスちゃんを愛でてる可愛い姿を大公開して、魔王の汚名を晴らしてやるんだから！

てなわけで質問コーナーは終わりにして、モンスちゃんを探しながらダンジョンを散歩することに。

ずっと奥まで続いている石造りの通路を元気よく歩きだす。

ここにはもう何度も来てるけど、相変わらずいい雰囲気だよね。

「あっ！　ほら見てください！　あそこに友達になりたそうなスライムがいますよ、みなさん！」

早速、物陰からチラチラとこちらを見てるスライムちゃん発見！

隠れてるつもりかもしれないけど、ぷにぷにの体がはみでちゃってますよ！

えへへ、可愛いっ！

《スライムが友達？》

《全然友達になりたそうじゃないんだが》

《ミノタウロスにビビってるだけだと思うよ！》

《もしくは魔王様にビビってる》
《もしくは魔王様を消化したいと思ってる》
《幼女＋魔王＋異常性癖＝最高》
コメントうるさい！
絶対スライムちゃんはまおと仲良くなりたいって思ってるんだから！
ずんずんとスライムちゃんに近づき、「えいっ」っと摑《つか》む。
「ぷぎっ⁉」
《以心☆伝心が発動しました》
早速、スキルが発動した。
ほらぁ、やっぱり友達になりたかったんじゃん。
怖がってるなら、こんな簡単に心を開いてくれないよね？
ていうか、相変わらず最高の手触りですなぁ。
このぷにぷに感がたまらない！
「うふふ、今日もぷにぷにで可愛いですねぇ～」
「ぷぎっ♪」
すりすりと体を擦り付けてくるスライムちゃん。
《冗談だろ》
《スライムがマジで従順になったんだがw》

《草》
《何が起こってるんだ》
《ようじょがスライムと仲良くしている》
ふふふ、これで少しはリスナーさんたちもまおが無害な配信者だって理解してくれたよね。
「ぷぎっ♪　ぷぎっ♪」
「あはは、くすぐったいですよ～、もう、スライムちゃんってば」
《トモ：まおさん⁉　それ、捕食されかけていないか⁉》
《ほらみた定期》
《幼女がスライムに》
《服、溶かされちゃう？》
《おらワクワクしてきたぞ》
《センシティブ認定ｗｗ》
《魔王様！　ＢＡＮされちゃう！》
「ちょ、ちょっと待って、スライムちゃん。少しヒリヒリするかな？　あはは、やめて、やめ……ちょ、やめなさいっ！」
「ぶもぉおおおおっ！（怒）」
まおの声に反応して、みろろんが巨大な拳を振り下ろす。

その拳の下には、スライムちゃん。
あっ、と思った瞬間――ブチッと。
静寂。
沈黙。
まおの手からだらりと垂れる、かつてはスライムちゃんだったモノ。
「……ええっと、ほ、ほら、みなさん見てください。ス、スライムちゃんと、こっ、こっ、こんなに仲良くなりました～」
《友達、垂れてるよ？》
《これには魔王様もニッコリ》
《サイコパス感ぱねぇw》
《あわあわする魔王様かわいい》
《トモ：まおさん大丈夫か⁉ 怪我はないか⁉》
「だ、大丈夫です！ たま～に激しくじゃれてくるモンスちゃんにびっくりして、推しモンちゃんたちが手を出しちゃうことがあるんですよね。あっはっは」
《主《あるじ》の危機に敏感な配下たちだね》
《優秀な部下で草》
《推しモンちゃん？》
《なにそれ？》

「ええと、まおが推してるモンスちゃんたちのことです！」
口で説明するより実際に見てもらったほうがいいよね。
よし、この流れでまおの推しモンちゃんたち、全員紹介しちゃおうかな。
「それっ！　【この指と〜まれ♪】」
今回はちょっとカッコつけちゃう。
くるっと回って手を挙げ、人差し指を天井に向けてピンと伸ばす。
ふふふ、まおのセンスに脱帽かな？
《ださ》
《魔法少女かよｗｗ》
《ダサかわいい助かる》
《草》
なんでよ⁉
《さっきも使ってたけど、そのスキル何？》
「このスキルはまおが【以心☆伝心】で仲良くなったモンスちゃんたちを呼びつけることができるスキルです！　元々は【従者召喚】ってクソダサな名前だったんですけど、まおのセンスで可愛くしました！」
《う〜ん・・・〇点！》
《赤点だな》

「なんで⁉」
どう考えても可愛いでしょ⁉
この指と～まれ♪　だよ？
まおのセンスがわからないなんて、あずき姉と一緒で人として終わってるよ？
「あ、ほら見てください！　まおの推しモンちゃんたちがやってきましたよ！」
ダンジョンの奥からぞろぞろとまおの推しモンちゃんたちがやってくる。
「それじゃあ、まおの推しモンちゃんたちを紹介しますね。こっちがスライムの『ぽよよん』で、こっちがホワイトウルフの『ぶちたろー』……それで、こっちが歩きキノコの『えりんぎ』です」
順番によしよししてあげると、みんな嬉しそうにじゃれてきたりお腹を見せてきたりしてくれた。
うん、可愛いっ！
《いや、名前ｗｗｗ》
《草草》
《もしかしてセンスは売り切れですか？》
《センスの次回入荷はひと月後です》
《絶望的センスｗ》
《いや、むしろセンスの塊《かたまり》ともいえる》

《トモ：まおさんかわいい》
《あずき：うぎゃ～～～！　やめろまお～～～～！　ネーミングセンスゼロの恥部を晒《さら》すな！　フォロワーが減るだろ！　ばかやろう！》
ばかやろうはそっちだよ！
センスよすぎて増えるでしょ！
だけど、コメント欄を見てたら、ほとんどが否定的な意見だった。
思わず重い溜め息。
はぁ。わかってないなぁ、この人たち。
……っていうか、だんだんコメントが流れるスピードが速くなってない？
あれ？　気のせい？
《すごいよ魔王様！　同接八万人いってる！》
「…………は？」
八万人？　八〇〇の間違いじゃなく？
《おお、マジだ》
《やべぇwww》
《さすまお》
《トモ：まおさんかわいい》
《八万とか見たことねぇぞw》

《すごい！　おめでとう！》
「あはは、またまたそんなこと言って。そんなわけないじゃん。冗談はやめてほしいんだけど……ってホンマやぁあぁ⁉」
《ｗｗｗ》
《お約束なやつな》
《突然のエセ関西弁やめい》
嘘でしょ⁉
同接八万人なんて、聞いたことないんだけど！
どど、どうしようあずき姉⁉
《あずき：まお、落ち着いてよく聞いて……なんと、ダンＴＶの同接ランキングで一位になってるぜ！》
《はぁ⁉》
《はぁ⁉》
「……はぁ⁉」
え？　ちょっと待って⁉
同接ランキングって、リアルタイムで同接数を計測してるやつだよね？
慌ててダンＴＶのホーム画面を見てみたけど、数十万人のスカベンジャーさんたちが日本中で配信している。

トモ様が所属している超大手のＢＡＳＴＥＲＤの人もやってるし、ダンジョンＲＴＡ配信してる超実力派の「セブンスレイン」の人たちもいる。
その中で、まおがトップ……？
「あわわわ、あわわわああ……」
《魔王様？》
《白目剝《む》いてますよ》
《魔王様、お気を確かに》
《トモ：まおさんかわいい》
《トモ様さっきからまおさんかわいいしか言ってないんだがｗｗｗｗ》
どど、どうして？
まだ何もしてないし、本格的にダンジョン散歩するのこれからなんですけど……。

＊＊＊

念の為にもう一回数えてみたけれど、やっぱり同接は八万人を突破していた。
この前まで同接二だったまおが、同接八万人。
ま、待って？　そんな大勢の前でおしゃべりするなんて、恐ろしすぎる……。
というか、いよいよマズすぎやしませんかね？

このままじゃ、本当に魔王として全世界に認知されてしまうじゃないですか！

「す〜は〜す〜は〜……おちつけ、まお」

うう、考えただけでも気絶しそう。

だって、本気でまおが魔王だって広まっちゃったら、配信やってる場合じゃなくなるよね？

だってほら、討伐対象になるかもしれないし。

ちょっと想像してみる。

十字架に磔《はりつけ》にされて火炙《ひあぶ》りされるまお——。

そして、遠巻きに涙ながらに見つめる推しモンちゃんたち——。

か、悲しすぎる。

そんな悲しいことが起きていいのだろうか⁉

いや、よくない！

「さ、ささ、さて、大いに盛り上がってきましたし、そろそろ『まおのダンジョンさんぽ』メインコンテンツ……ダンジョン最下層まで軽く散歩といきましょうかね！」

まおがやってるのは、平和的な散歩配信なんだ！

みんなわかってくれぇ‼

《は？》

《え？》

《最下層まで、散歩？》
《ここ、表参道一五号だよな？　かなりレベル高いぞ？》
《トモ：一五号の最下層ソロなんて、自殺行為だぞ、まおさん！》
「あ、全然余裕ですよ。もう何度も下りてるんで」
《余裕で草》
《何度も？》
《ウソだろｗｗｗ》
《ＲＴＡ勢かよ》
《トモ様でも無理な領域にあっさり踏み込む魔王様》
《さすまお》
《さすまお》
いやいや、トモ様でも無理ってそんなバカな。
謙遜《けんそん》しなくてもいいんですよ？
「あ、そういえば表参道一五号ダンジョンの最下層には可愛いモンスちゃんがたくさんいるんですよね～。散歩ついでに愛でちゃいましょうかね」
《愛でちゃう》
《散歩じゃなくてそっちがメインコンテンツな気配ｗｗ》
《目的が不純すぎて草なんだが》

《がんばれ魔王様！》

「うん、がんばる！」

みんなの応援を受けて、いざ出陣。

ちなみに今、まおがいるのは上層階。

ここが地表に一番近い階層で、ひとつ下は「中層」、さらに下は「下層」。そしてダンジョン最深部の「最下層」という順番になっている。

各階層はだいたい一〇の部屋《エリア》に区切られていて、一〇エリア目に次の層に行くための階段があるって感じかな。

そこに階層ボスがいるから各層の一〇エリア目が一番危険っていうのが常識らしいんだけど……ぶっちゃけ、危ない目にあったことは一度もないんだよね。

デマってホントよくない。

「……でも、どうしようかな」

ちょっとだけ思案タイム。

ここの中層とか下層には、可愛いもふもふ羊さんモンスターのバロメッツや、お馬さんモンスターのバイコーンなんかもいるんだよね。

あの子たちも紹介したいところだけど、ちょっと間延びしちゃうよね？

う～ん、ちょっと残念だけど、ここは最下層まで一気にババッと行っちゃったほうがいいか。

「はい、というわけで、これから最下層まで一気に突っ走っちゃいます」
《は？》
《突っ走る？》
《どこを？》
《世界征服への道を？》
「ダンジョンをだよ！」
早速【この指と～まれ♪】でわんさぶろうを呼ぶ。
「ごめん、わんさぶろう、ちょっと最下層まで行くから背中貸してくれない？」
「わふっ！」
はい、いい返事。わんさぶろうの頭をナデナデ。
《おいおいおいおいおいおい》
《まじですか》
《さらっとオルトロス召喚キタ～～～～ｗｗｗ》
《やゔぁい》
《(゜Д゜)ポカーン》
なんだかリスナーさんたちが騒いでるけど、うんしょとわんさぶろうの背中によじ登る。
「よし。それじゃあ推しモンのみんな、まおについてきてね！」

「がうっ！」

「ぶもっ！」

それいけ～と、ダンジョンの奥に向かって走りだす。

まずは上層の一〇エリア目を目指して、最短距離をひたすらまっすぐに。

上層階は各エリアが大きな部屋になっていて細い通路で繋がっている。

モンスちゃんたちは大抵その部屋の中にいるから、通路は安全。だから探索中のスカベンジャーさんたちが一息つく場所になっているんだよね。

そんな中を推しモンちゃんと爆走するのはちょっとだけ気が引けるけど……。

「な、なな、なんだ⁉」

休憩していたスカベンジャーさんたちがまおを見てぎょっとする。

「うわっ⁉　S級のオルトロスに乗った幼女と大量のモンスター⁉　まさか……スタンピードか⁉」

「スタンピード⁉」

「ああ、そうだ！　モンスターの異常発生現象だ！　一〇年前くらいに一度だけ発生して、多くのスカベンジャーがリセットされて――」

「ごめんなさい！　まおです！　人畜無害の存在が通ります！　ピース、ピース！」

「ぶもっ、ぶもっ」

「わふっ、わふっ」

みろろん、わんさぶろうと一緒に安全アピールしながら突っ走る。

ピースっていうのはVサインのことじゃなくて平和のピースのことね。

平和、大事！

スカベンジャーさんへの対応も完璧なんて、流石《さすが》まおだわ。

広間を通過するときに、まおのことを見つけてくれたモンスちゃんたちが遊びたいって近づいてきてくれたんだけど、心を鬼にしてガン無視する。

うう、ごめんねモンスちゃんたち。

「ごめんね！　また今度遊んであげるから！　はい、みろろん！」

「ぶも〜！」

みろろんが近づいてきた半魚人モンスターのサハギンちゃんの腕をガシッと掴んで、ぽいっと放り投げる。

「ギャハ〜ッ⁉」

サハギンちゃんの楽しそうな声が響く。

その声にひかれたのか、次々とモンスちゃんたちが集まってきちゃった。

「あわわわ……わんさぶろう、お願い！」

「わふっ！」

今度はわんさぶろうが腕をがじっと噛んで投げ捨てる。

立ちはだかるモンスちゃんをちぎっては投げ、ちぎっては投げ。

――いや、実際にはちぎってはなくて、遊んでるだけだけどね？

ダンジョンがモンスちゃんたちの楽しそうな声であふれかえる。

遊ぶ時間はないかなって思ってたけど、楽しんでくれてるみたいでよかった～。

《（。ロ。）》

《すげえ》

《阿鼻叫喚《あびきょうかん》ｗｗ》

《俺たちは一体何を見てるんだ・・・》

《なぁ、ここって高レベルの表参道一五号だよな？》

《瞬殺ワロ》

《流石ミノタウロス》

《流石オルトロス》

《流石魔王様》

《あ、今、階層ボスのＢ級モンスいたぞ。ぶん投げられてたけど》

《ｗｗｗｗ》

《ガン処理》

「それいけ～～～！」

あっという間に上層をクリアして、中層に突入。

中層も変わり映えしない遺跡エリア。

ちょっとカビ臭いのがアレだけど、中庭みたいなエリアがあって、バロメッツちゃんがのんびり草を食《は》んでたりするんだよね。

うーん、ちょっと癒やされに行きたいところだけど、ここは我慢。

中層と下層をすっ飛ばし、最下層に足を踏み入れる。

「さて、そろそろ最下層ですね。見てくださいこの風景！　何ていうか……ええっと、最下層って感じですよね！」

《そりゃあ最下層だからな》

《あずき：まお、ちゃんとやれ》

《魔王様、語彙力《ごいりょく》》

《おまいら小学生に語彙力求めんなよ》

「まおは高校生だから！」

失礼なリスナーさん！

次言ったらBANだよ！

最下層は今までの遺跡エリアからガラリと雰囲気が変わって、洞窟っぽい見た目になる。

ゴツゴツとした岩肌に、鍾乳洞《しょうにゅうどう》。

場所によっては地下水脈が流れている。

そんな湿気が多いじめじめとした場所だから、サハギンちゃんや蟹《かに》モンスの「キラーキャンサー」とか、「帝王ペンギン」みたいなキャワイイモンスちゃんがいっぱいいるんだよね。
「特に皆さんに見てほしいのが、ここにいる大きなトカゲちゃんなんです。知ってますかね？」
《トカゲ？　そんなやつ一五号の最下層にいたっけ？》
《最下層なんて行ったことないからわからん》
《教えて～プロの人～！》
《もしかしてボスモンスターのティアマットのこと？》
「そうそう！　ティアマットの『やもりん』！」
黒い鱗《うろこ》に覆われたおっきいトカゲちゃん。
まだお友達にはなってないんだけど、名前は決めてるんだ。
前に会ったときは逃げられちゃったからね。
今日会えたら、【以心☆伝心】で仲良くなる予定！
《ちょまｗｗｗ》
《ガチで言ってんのか？》
《なるほど、ティアマットか》
《ティアマットって、確かＡ級のドラゴンだよな？》
《見たことねぇ・・・》

《おれも》
《てか、やもりんてw》
《あ、家守をもじったのか》
《いや、確かにティアマットも広義で言えばトカゲだけどさw》
《なぁ、普通ボスモンスターの名前を呼ぶときって、もう少し畏怖《いふ》するもんじゃないの？》
「トカゲって可愛いですよね！　お目々が大きくてちょっとぼんやりした顔で、同じトカゲのリザードマンちゃんとか、お目々もぱっちりしてぎゃんきゃわなんですよね！それに、体はぽてっとしてるし近づいてナデナデすると猫ちゃんみたいに喉をぐるぐるって鳴らしてくるし！　ああもう、可愛すぎてしんどい！」
《急に早口になるのやめろ》
《かわいいww》
《あずき：やめろまお、気持ち悪い》
《トモ：まおさんかわいい》
思い出したら会いたくなってきちゃったな。
やもりん、いるといいな！
んあああああっ！　バイブスぶち上がるわぁ！

＊＊＊

というわけで到着した最下層のエリア一〇。
やもりんがいるとしたら、この最下層の最終エリアだ。
《あっさり最下層エリア一〇か・・・》
《RTAガチ勢のセブンスレインの連中よりも速くない？》
「そりゃあそうですよ！　道中のエリアは全部スキップしましたから！」
《スキップw》
《え？　そんなことできるの？》
《できたらソロで潜るスカベンジャーだらけになってる》
《魔王様のユニークスキルだろ》
「え？　違いますよ？　わんさぶろうが頑張って走ってくれたからですよ。ねぇ、わんさぶろう？」
「わふっ！」
嬉しそうに尻尾《しっぽ》をぶんぶん振りまくるわんさぶろう。
クウ～！　可愛いっ！　その笑顔、守りたいっ！
コメント欄に《魔王様マジレスかわいい》とか《知ってる》とか《見てた》とか流れ

てきたけど、よくわからないので奥へと向かう。
いかにも「ここにやもりんがいるよ」って言ってる大きなドアを発見。
威勢よく、思いっきり蹴《け》り飛ばして開け放つ。
こういうの、勢いが大事だよね。
「やもりんいますか⁉」
《いません》
《友達の家に遊びに来た幼女かよw》
《友達の家に遊びに来る幼女は玄関蹴破らない》
《むしろカチコミ》
《ティアマットさん逃げて！ (、:ε:、)ブワッ》
なんでよ！
せっかく会いに来たのに、また逃げちゃヤだよ！
ドアの向こうに広がっていたのは、だだっぴろい空間。
広さで言えば、学校の体育館くらいかな。
天井は見えないくらいに高くて、広場の中心付近には地下水脈が流れている。
そして、そこに佇《たたず》む、黒い影。
暗闇の中に赤い瞳がギラリと光る。
――いた！　やもりんだ！

「ぐるるるぅ……」
　まおに気づいたやもりんは、異様に発達している後ろ足の筋肉を使って立ち上がり、大きく両手を広げる。
　お、挨拶してくれてるのかな？
　お返しに両手をブンブン。
「やっほ〜、やもりん！　こんにちは！」
《おいおいおい》
《いきなり威嚇《いかく》してんぞ》
《強敵として魔王様を認識したみたいだな》
《てか、はじめてみたけど見た目ヤバすぎんだろw》
《筋肉すげぇ！》
《こえええええ》
《流石に逃げてよ魔王様！》
《トモ：ティアマットにソロは危険すぎるぞ！　逃げろまおさん！》
「……ぐおおおおおおんっ！」
　コメント欄に呼応するように、やもりんが吠《ほ》えた。
　周囲の空気がビリビリと激しく震える。
　その声にびっくりしたのか、レベルが低い推しモンちゃんたちが一目散に逃げていった。

「……あれ？　今日はちょっとだけご機嫌ナナメかな？」

前来たときは速攻で逃げられちゃったし。

う～ん、これはちょっと予想外だ。

ひょっとすると、寝起きに突撃しちゃったのかもしれない。

まおも休みの日にお母さんに強引に起こされたらブチ切れるからな……。

悪いことしちゃったかも。

《いや、ちょっとどころじゃねぇw》

《ご機嫌直滑降》

《うっ、俺の古傷が疼《うず》く・・・》

《→ウソ乙》

《てか、どうすんだこれw》

「う～ん、どうしよう……」

このままだと推しモンちゃんたちに被害が出ちゃいそう。

やもりんには悪いけど、ちょっとおとなしくなってもらおうかな。

「よしっ！　みろろん！　わんさぶろう！　力を合わせてやもりんを疲れさせてっ！」

「ぶもっ！」

「わふっ！」

こくりと頷《うなず》いたふたりは、やもりんに向かって猛ダッシュする。
「ぶもおおおっ！」
最初にみろろんが強烈なタックルをぶちかます。
その衝撃で一瞬だけ体勢を崩すやもりんだったけど、脅威の筋力でふんばる。
「わふっ！」
低い体勢でやもりんの体にしがみつく形になったみろろんを足台にして、わんさぶろうが跳躍。
首元に食らいつこうとするが、ムキムキの右腕でわんさぶろうの牙を防ぐ。
くぅ、いい勝負っ！
だけど、ナイス連携だよふたりともっ！
《(ﾟДﾟ)。。》
《いやいや、何この怪獣大戦争ｗｗｗ》
《まず配下から戦わせる戦略・・・流石魔王様だ》
《さすまお》
《ダンジョン崩れない？》
《A級とS級モンスターの縄張り争いなんて初めてみた》
《すげぇｗｗｗ》
「がんばれみろろん！　わんさぶろう！　パンチパンチ！　そこ！　今だ、ひっくり返せぇ！」

「ぶもぉおお！」

「わおんっ！」

まおの応援に応えるように、激しく動くみろろんとわんさぶろう。

だけど、ここに来るまでの疲れが出たのか、次第に力負けしていく。

「ぶ、ぶもっ……」

ついにやもりんの体をがっちりロックしていたみろろんの腕が外れてしまう。

それを好機と踏んだのか、やもりんがみろろんの腰をガッシリと掴み、天高く持ち上げた。

「み、みろろん！」

「ぶ、ぶもぉ……⁉」

みろろんはじたばたと暴れるけど、そのまま放り投げられてしまった。

天井付近まで高々と投げられたみろろんが地面に叩《たた》きつけられる。

すぐさま立ち上がって、やもりんに立ち向かおうとするみろろん。

だけど、流石にストップをかけた。

「ごめん、ふたりとも戻って！　あとはまおがやるから！」

これ以上、大切な推しモンちゃんを傷つけさせるわけにはいかないからね。

それに、ふたりのおかげでやもりんも結構疲れてるみたいだし。

あとはまおのスキルでエネルギーを空にしちゃえば、さすがのやもりんもおとなしくなってくれて──。

「……ん？」

と、やもりんが妙な行動をはじめた。

喉をぷくっと膨らませ、タンタンと舌を鳴らしはじめる。

《やばいぞタンギングしてる》

《魔王様、ブレスが来ますよ！》

《トモ：逃げろまおさん！》

舌を鳴らすタンギング。

やもりんがブレス攻撃を放つ前兆──。

「がおおおっ！」

咆哮《ほうこう》と共に、強烈な火球のブレスが放たれた。

まおの体の数倍はありそうな火の球が、猛烈なスピードで襲いかかってくる。

だけど──。

「えい」

手のひらを使って、火の玉に思いっきりビンタした。

まおに叩かれて直角に曲がった火の玉は、壁にぶつかって大きく爆《は》ぜる。

《え？》

《え？》
《火球をピンタしたｗ》
《(。ロ。)ポカーン》
《いや、そうはならんやろｗｗｗ》
《なっとるやろがい！》
《草すぎる》
《トモ：ウソだ！》
《ティアマットのヘルファイア素手で打ち返したんだがｗ》
《ヘルファイア触ってピンピンしてるとかありえねぇｗｗｗ》
《いやいや、普通腕が消し炭になるって！》
《どうなってんだｗｗｗ》
「あ、これはまおのユニークスキル【私ってば無敵すぎる】の効果で、ちょっとだけ体が頑丈になれます。だから叩いても平気」
《色々と平気じゃない》
《冗談だろｗｗｗｗｗ》
《ちょっとどころじゃないんですがそれは》
《安定のスキル名》
《確かに無敵すぎて草だわ》

《なるほど、それで今までモンスターに噛まれても平気だったのか》

《てか、魔王様ってばいくつユニークスキル持ってんだよｗ》

《普通、ひとつだけだよな？》

「ふっふっふ……」

称賛の声を浴びまくり、流石にちょっと気持ちよくなってきた。

一〇〇のスキルを持つＪＫ……それがまおこと有栖川まおの正体なのだ！

まぁ、一〇〇〇っていうのは嘘だけど。

「ぐおおおおんっ！」

虎の子のブレス攻撃を弾かれたことに怒ったのか、やもりんが声高に吠《ほ》え、こっちに向かって突っ込んでくる。

大地が揺れ、砂煙が舞い上がる。

「まおと押し相撲をするつもり？　いいよ、やろう！」

遊びたくなっちゃったみたいだね。

どっちが相手をこのフロアの外に押し出すか、勝負だよっ！

「がおおおん！」

やもりんの頭がまおの体に直撃する。

ちょっと衝撃がすごかったけど——全く問題はない。

「どすこ～い！」

突っ込んできたやもりんと四つ身で組み合った。
体のサイズはまおの二、三倍くらいあるけど、どうってことはない。
《ｗｗｗ》
《どすこ～いｗ》
《トモ：うそだあああ⁉》
《ねぇ、どうやって受け止めたの⁉》
《ありえねぇ！　色々ありえねぇ！》
《ドラゴンとがっぷり四つを組む幼女》
《いきなり川柳やめろ》
なかなかすごいパワーだけど、それくらいじゃあまおを押し出すことはできないよ。
むんっと足に力を入れ、少しずつやもりんを押し返す。
《すげぇしか言えねぇ・・・》
《ティアマットが幼女に押し負けとる》
《これはティアマットが弱いのか、それとも魔王様がべらぼうに強いのか》
《パワー系幼女様ｗ》
《幼女の体のどこにそんな力があんだよｗ》
こら！　さっきから何度も幼女言うな！
怒りを力に変えて、やもりんをずんずんと押しまくる。

このままじゃ負けると焦ったのか、やもりんががぶりと食らいついてきた。
「が、がおっ！」
だけど全然痛くない。
これは――いつもの甘噛みだ！
よっしゃあああっ！　仲良くなれる兆候来たあああ！
「エッヘッヘ！　それじゃあ、しっかりと仕留めちゃうよ！」
《おお、魔王様！》
《やっちゃえ！》
《まさかティアマットを素手で仕留めるのか⁉》
「はいはい、いい子いい子♪」
片手でやもりんの体を受け止めつつナデナデ。
頭がすぐ近くにあるので、撫でやすい。
《エッ》
《(ﾟДﾟ)。》
《いや、なでるんかいw》
《まぁそうなるよな》
《うん》
《知ってた》

《さすまお》

「かわいいですねぇ♪　でも、ちょっとおとなしくしててね……【元気吸っちゃうぞ♪】っ」

「……きゅっ⁉」

まおと視線が交錯《こうさく》した瞬間、やもりんの力ががくんと弱くなる。

これもまおのユニークスキルのひとつ。

目を合わせた相手のエネルギーを奪っちゃう効果があるんだよね。

ちなみに、元々は【エナジードレイン】って変な名前だったっけ？

まぁ、速攻でリネームしたよね。

「そして……おりゃあああ！　いくよ、やもりんっ！」

「……きゅっ⁉」

力が弱くなったところで、一気に勝負をかける！

やもりんの大きな体を持ち上げて……ぶん投げる！

「どっせ〜い！」

「きゅううっ⁉」

《投げた⁉》

《うそお⁉》

《幼女がドラゴンぶん投げたｗｗｗｗｗ》

《うわょうじょっょい》
巨大なやもりんの体が、綺麗な放物線を描きながら宙を舞う。
そのまま天高く舞ったやもりんの体は、ボス部屋のドアに衝突。
壁の一部を破壊しながら、部屋の外に倒れ込んだ。
やった！
体の一部が外に出てるし、まおの勝ちだよね⁉
「勝負ありだね、やもりん！　相撲勝負はまおの勝ちで……って、あれやもりん？」
よろよろと立ち上がるやもりん。
そして、部屋の奥へとすごすご戻っていく。
「……ど、どうしたの？　もしかして怪我しちゃった？」
「きゅっ⁉」
やもりんはまおの顔を見るなり、ギョッとした顔をして慌てて走っていく。
そして、フロアの端っこでぷるぷると震えながら丸くなっちゃった。
尻尾をお腹の下にくるんってしてるし。
こ、これはちょっとやりすぎちゃった感あるな……。
《あ～》
《フロアボスが完全に戦意喪失《せんいそうしつ》しとる》
《これはあれだ》

《トモ様の動画で見たやつｗｗ》

《うう、こんないじめられっ子みたいな姿になって・・・》

《トラウマ級》

《ティアマットたん・・・(、;ω;、)ブワッ》

「ご、ごめんね、やもりん？」

「くるるぅ……（泣）」

恐る恐る近づいていったけど、涙目で見られてしまった。

うう、胸が痛い。

もっと力をセーブしてあげるべきだったかな。

「ご、ごめんね？　はい、痛いの痛いの飛んでけ～」

お詫びに目いっぱいナデナデしてあげた。

トカゲってどこを撫でたら気持ちよくなるんだろ。

猫みたいに顎《あご》の下とか？

「ぐるるる……？」

最初は怯《おび》えていたやもりんだけど、次第に心を開いてくる。

おもむろに顔を向けてきたので、顎の下をナデナデ。

「ぐるるぅ♪」

「あはは、やっぱりここが気持ちいいのかな？　うりうり」

「ぐるる……ゴロゴロ」

《【以心☆伝心】が発動しました》

ついにごろんと横になり、お腹を見せてくるやもりん。

やったぁ！　一時はどうなることかと思ったけど、やもりんと仲良くなれたぜ！

《マジか》

《すげぇｗ》

《ティアマットってこんなふうになるんだｗｗｗ》

《これは間違いなくデカいトカゲだわ》

《くそ、ティアマットのやつ、魔王様にすりすりしてやがる》

《おい俺と代われ》

《うらやましい》

《すりすりさせろ》

《トモ…ころすぞティアマット》

《トモ様ｗｗｗ》

「ト、トモ様⁉」

せっかく友達になれたのに殺さないで⁉

それからしばらく【以心☆伝心】の力で友達になれたやもりんとじゃれ合ってから、一旦さよならすることにした。

だって、そろそろ家に帰らないとだもん。

一九時までに帰らないとお母さんに怒られちゃうんだよね。

未成年の厳しい現実……。

うう、また【この指と～まれ♪】で呼ぶから、そのとき遊ぼうね、やもりん！

電車の時間を調べるためにスマホを取り出す。

そして、画面のロックを解除しようとしたとき、変な告知が表示されているのに気づく。

【おめでとうございます！　同接一〇万人アチーブメントを達成しました！】

これは多分、ダンＴＶの実績《アチーブメント》だと思う。

チャンネルを成長させるためにダンＴＶの運営が設定した目標みたいなもの……って言えばわかりやすいかな？

そっか～、同接一〇万人のアチーブメント達成かぁ……。

「……ファァァァァッ⁉　ど、どどど、同接、じゅ、じゅじゅじゅ、じゅうまんにん⁉」

これってあれだよね⁉

同接一〇万人ってことは、つまり同接が一〇万人ってことだよね⁉

一夜にして同接二から一〇万人ってこと⁉

というか、そもそも一〇万人なんて数字、他の配信者さんでも見たことない。

多分、あずき姉もびっくりしてると思う。
現実味がないっていうか、信じられないっていうか。
あわわわわ……。
……いやでも、それよりもだな。
「ふ、ふふふ……念願のやもりんと仲良くなれてよかったなぁ……えへへ」
前にここに来たときは残念ながら逃げられちゃったし、感慨ひとしおってやつだよね。
うふふ、ゴロゴロするやもりん、可愛かったなぁ！
《これには魔王様もニッコリ》
《同接一〇万人おめでとう、魔王様！》
《トモ：一〇万人はすごいな！　おめでとう！》
《てか一〇万人ってやべぇな》
《なんだか別のことで喜んでそうだけどｗｗ》
《同接一〇万人へモンスター》
《それな》
《草》
「……で、でも、同接一〇万人かぁ」
改めて噛みしめる。
これ、すごい数字だよね？

だってトモ様でも、同接六万人とかだし。

初回だからみんな来てくれたんだろうけど、こんなにたくさんの人たちに見てもらえるなんて嬉しすぎる。

何をやっても反応がない同接ふたりだったときと比べると、天国みたいな世界だ。

やっぱり反応してもらえるっていい。

本当にありがたい。

ナンマンダブ、ナンマンダブ……。

「よし！　というわけで、まおのダンジョン散歩……今日はここまでです！」

天井からカメラを向けているドローンちゃんにむけてニッコリダブルピース。

「また配信見てくださいね！　えと……チャンネル登録と、ツリッターのフォローもよろしくお願いしますっ！」

あずき姉から教えてもらった決まり文句を読み上げて終了。

これをやるかどうかでフォロワーが一桁《ひとけた》変わってくるとかなんとか。

本当か疑わしいけど、リスナーさんたちの反応は上々だった。

《魔王様、おつかれさま！》

《おつおつ！　いっぱい笑わせてもらいましたw》

《次の推しモン探しも楽しみにしています！》

《トモ：おつかれさま！　ティアマットにソロで挑んだときはどうなるのかとハラハラ

したが、楽しかった！》
《おつまお！》
《おつまお〜》
《また見に来ます魔王様！》
《あずき：魔王様バンザイ！》
《魔王様〜》
《魔王様！》
《魔王様、一生付いていきます！》
《ビバ魔王！》

「…………」


ん〜……ちょっと待って？

なにこの魔王様コール？

気のせいかもだけど、魔王の汚名、さらに広がってない？

もしかして、同接増えた分「魔王まお」の名前が広がっちゃったとか？

よ、喜んでる場合じゃない。

最下層への散歩配信で人畜無害さをアピールして、まおは魔王じゃないってことを知らしめるはずだったのに。

……ん？　ていうか待って？

今更ながらよくよく考えると、バチコリとモンスちゃん愛でちゃうのってアウトじゃない⁉

だってそれが原因で魔王と勘違いされちゃったわけだし。

「……し、しまった」

これ、絶対アウトだよね？

そんなん、汚名広がって当然だよね⁉

ああ、もう！　まおのばか！　おばか！

というか、リスナーのみんなも止めてよ‼

コメントで「まおさん、趣旨がずれてるよ」とか「愛でちゃってるよ」とか注意しなきゃ！

これは連帯責任だよ⁉

＊＊＊

有栖川まおのバズ後初配信はある意味大成功で終わり、ネットやツリッターではふたつのニュースが大きく取り上げられた。

前人未到《ぜんじんみとう》の同接一〇万人を記録した化け物配信者が登場したこと。

そして——現代に転生してきた魔王が、凶悪なモンスターを手懐け魔王軍を結成し、高レベルダンジョンを踏破したこと。

特にS級モンスターのオルトロスとミノタウロスを従え、ティアマットに戦いを挑む切り抜きはわずか一時間で一〇〇〇万再生を記録し、さらにティアマットをぶん投げた切り抜きは五〇〇〇万再生を達成した。

リスナーだけではなく多くのスカベンジャーたちの心を奪ったまおは、一夜にして無名ダンジョンストリーマーから時の人——いや時の魔王となってしまったのだった。

１２０：**名無しのスカベンジャー**
ツリッターでまおたんが今日配信するって言ってたけどマ？

１２１：**名無しのスカベンジャー**
たのしみすぎる
てか、オルトロスの切り抜き５０００万再生いってんのヤバいな

１２２：**名無しのスカベンジャー**
切り抜きヘビロテで見ちゃってるわ
中毒性やばい

１２３：**名無しのスカベンジャー**
この子は本当に魔王なのか？
マジだったらやばくないか？

１２４：**名無しのスカベンジャー**
Ｓ級モンスター簡単に手懐けるバケモンが魔王じゃないほうがやばい

１２５：**名無しのスカベンジャー**
オルトロス事件後、初配信だよね？
どんな配信するんだろ
最速ＲＴＡかな？

１２６：**名無しのスカベンジャー**
＞＞１２５
アーカイブにある過去問履修しとけ
さらにまおたんが好きになることうけあいだぞ

１２７：名無しのスカベンジャー
・高レベルダンジョン最速ＲＴＡ
・配下にする高ランクモンスター探し
・寝息ＡＳＭＲ
好きなの選べ

１２８：名無しのスカベンジャー
みっつめでお願いします

１２９：名無しのスカベンジャー
みっつめでお願いします

１３０：名無しのスカベンジャー
お

１３１：名無しのスカベンジャー
きたな

１３２：名無しのスカベンジャー
はじまったああああああああ

１３３：名無しのスカベンジャー
きたあああああ

１３４：名無しのスカベンジャー
まおちゃんかわいいですねぇ
ぺろぺろ

１３５：名無しのスカベンジャー
かわええ！

１３６：**名無しのスカベンジャー**
魔王様マジ幼女

１３７：**名無しのスカベンジャー**
この見た目で高校生らしいぞ

１３８：**名無しのスカベンジャー**
合法ロリかよ
さらにファンになったわ

１３９：**名無しのスカベンジャー**
配信見るの初めてだけど、かわええ

１４０：**名無しのスカベンジャー**
あわあわしてて草

１４１：**名無しのスカベンジャー**
ガチであわあわしてるｗ
初々しい

１４２：**名無しのスカベンジャー**
今日は可愛い動物を紹介する配信だって

１４３：**名無しのスカベンジャー**
可愛い動物かぁ・・・（真顔）

１４４：**名無しのスカベンジャー**
寝息ＡＳＭＲじゃなかったか

１４５：**名無しのスカベンジャー**
にやけたｗ

１４６：**名無しのスカベンジャー**
かわいい

１４７：**名無しのスカベンジャー**
モンスター愛でてるの想像してにやけとる

１４８：**名無しのスカベンジャー**
ホントにモンスター好きなんだなｗ

１４９：**名無しのスカベンジャー**
幼女のニヤケ顔で救える命があると思うんです

１５０：**名無しのスカベンジャー**
さすまおｗ

１５１：**名無しのスカベンジャー**
初回配信の初っ端から略語が生まれるなんてさすまおだわ

１５２：**名無しのスカベンジャー**
トモ様公認⁉

１５３：**名無しのスカベンジャー**
すげぇｗ

１５４：**名無しのスカベンジャー**
昨日助けてたし、当然だわな

１５５：**名無しのスカベンジャー**
ツリッターでトモ様が絶賛しとる

１５６：**名無しのスカベンジャー**
うらやま

１５７：**名無しのスカベンジャー**
トモ様公認ってことはＢＡＳＴＥＲＤに入るんかな？

１５８：**名無しのスカベンジャー**
ありえない！
魔王様はどんな組織にも媚びないのだ！

１５９：**名無しのスカベンジャー**
だけど事務所がほっとかねぇだろこんな逸材

１６０：**名無しのスカベンジャー**
むしろ無所属なのがおかしい

１６１：**名無しのスカベンジャー**
いや、所属は魔王軍だろ

１６２：**名無しのスカベンジャー**
雑談配信になっとるな
いいぞもっとやれ

１６３：**名無しのスカベンジャー**
は？　骨格？

１６４：**名無しのスカベンジャー**
レントゲン写真ｗｗｗｗｗｗ

１６５：**名無しのスカベンジャー**
大草原

１６６：**名無しのスカベンジャー**
どういうこと？

１６７：**名無しのスカベンジャー**
ｗｗｗｗｗ

１６８：**名無しのスカベンジャー**
初配信の自己紹介で骨格見せてくるスカベンジャー初めてみたｗｗ

１６９：**名無しのスカベンジャー**
これは伝説になるな

１７０：**名無しのスカベンジャー**
さすまおだわ

１７１：**名無しのスカベンジャー**
ガチのキョトン顔きたーｗｗｗｗ

１７２：**名無しのスカベンジャー**
これ、絶対自分がしでかしたことわかってねぇだろｗ

１７３：**名無しのスカベンジャー**
てかレントゲン写真とか手に入るもんなの？

１７４：**名無しのスカベンジャー**
渋谷２０号ソロで最下層クリアとか、どんだけ吹かしてんだコイツ
一気に冷めたわ

１７５：**名無しのスカベンジャー**
スカベンジャーじゃないからわからんのだけど、渋谷２０号ダンジョンソロクリアってそんなありえないん？
サッカーで例えて？

１７６：**名無しのスカベンジャー**
＞＞１７５
監督ひとりでワールドカップ優勝

１７７：**名無しのスカベンジャー**
草
そらむりだわ

１７８：**名無しのスカベンジャー**
確かＲＴＡガチ勢のセブンスレインがフルパーティでも無理だったよな

１７９：**名無しのスカベンジャー**
いやいや、２０号ソロクリアとか絶対嘘だろｗ

１８０：**名無しのスカベンジャー**
もっとましな嘘つけよな
これだから素人は

１８１：**名無しのスカベンジャー**
は？

１８２：**名無しのスカベンジャー**
え

１８３：**名無しのスカベンジャー**
ｗｗｗｗｗｗ

１８４：**名無しのスカベンジャー**
ファッ⁉　ミノタウロス呼んだんだが⁉

１８５：**名無しのスカベンジャー**
２０号のダンジョンボス手懐けとるｗｗｗ

１８６：**名無しのスカベンジャー**
あ－これ、２０号マジだわ

１８７：**名無しのスカベンジャー**
＞＞174
＞＞179
＞＞180
ごめんなさいは？

１８８：**名無しのスカベンジャー**
ごめんなさい

１８９：**名無しのスカベンジャー**
僕が間違ってました

１９０：**名無しのスカベンジャー**
ゆるしてください魔王様（´；ω；｀）ブワッ

１９１：**名無しのスカベンジャー**
謝れてえらいね

１９２：**名無しのスカベンジャー**
ミノタウロスあいさつしとる

１９３：**名無しのスカベンジャー**
みろろんかわいい

１９４：**名無しのスカベンジャー**
あれ？　もしかしてモンスターって意外とかわいい？

１９５：**名無しのスカベンジャー**
【速報】魔王様にお姉様が

１９６：**名無しのスカベンジャー**
あずき姉も化け物の予感ｗ

１９７：**名無しのスカベンジャー**
なかよさそうな姉妹だな (*´ω｀*)

１９８：**名無しのスカベンジャー**
あずき姉もいいキャラだわ

１９９：**名無しのスカベンジャー**
魔王様がスライムに服を溶かされてる!?

２００：**名無しのスカベンジャー**
突然のエロ展開ｗｗｗ

２０１：**名無しのスカベンジャー**
ＢＡＮすら恐れない魔王様つおい

２０２：**名無しのスカベンジャー**
モンスターのことになると早口になる魔王様かわいい

２０３：**名無しのスカベンジャー**
同接８万人だって

２０４：**名無しのスカベンジャー**
ヤバｗｗ
トモ様越えじゃね？

２０５：**名無しのスカベンジャー**
トモ様は初回９万くらいじゃなかったかな
ギリトモ様の勝ち

２０６：**名無しのスカベンジャー**
まだまだ伸びそうだし、トモ様超え全然あるぞ

２０７：**名無しのスカベンジャー**
ダンジョン最下層⁉
今から行くのか⁉

２０８：**名無しのスカベンジャー**
渋谷２０号をソロクリアした魔王様なら余裕だろ

２０９：**名無しのスカベンジャー**
大したことないように思えるけど、１５号って結構高レベルダンジョンだからな？

２１０：**名無しのスカベンジャー**
北九州８号でリセット食らった俺に謝れ（´；ω；｀）

２１１：**名無しのスカベンジャー**
＞＞２１０
涙拭け
俺は鰺ケ沢３号でリセット食らった

２１２：**名無しのスカベンジャー**
突っ走るってｗｗｗ

２１３：**名無しのスカベンジャー**
どこを？

２１４：**名無しのスカベンジャー**
ダンジョンに決まっとるやろがい

２１５：**名無しのスカベンジャー**
いやいやいやいや、オルトロスも来たんだがｗ

２１６：**名無しのスカベンジャー**
わんさぶろうきたああああああ

２１７：**名無しのスカベンジャー**
どうなってんだこれ

２１８：**名無しのスカベンジャー**
Ｓ級モンスターをポンポン召喚するとかやばすぎて草

２１９：**名無しのスカベンジャー**
普通のスカベンジャーは低級モンスターでも召喚できないけどな

２２０：**名無しのスカベンジャー**
わ－、モンスター蹴散らしながら突っ走ってる－

２２１：**名無しのスカベンジャー**
大・虐・殺ｗｗｗｗｗ

２２２：**名無しのスカベンジャー**
（゜д゜）ポカーン

２２３：**名無しのスカベンジャー**
腹痛ぇｗｗｗｗ

２２４：**名無しのスカベンジャー**
階層ボスが一瞬で・・・

２２５：**名無しのスカベンジャー**
頭おかしいｗｗｗ

２２６：**名無しのスカベンジャー**
最下層のトカゲ？

２２７：**名無しのスカベンジャー**
表参道１５号の最下層にリザードマンなんていたか？

２２８：**名無しのスカベンジャー**
ティアマットならいるけど

２２９：**名無しのスカベンジャー**
ティアマットでしたｗｗｗｗｗｗｗ

２３０：**名無しのスカベンジャー**
冗談だろ

２３１：**名無しのスカベンジャー**
やもりんｗｗｗ

２３２：**名無しのスカベンジャー**
相変わらずのネーミングセンスだわ
さすまお

２３３：**名無しのスカベンジャー**
早口まおたん可愛い

２３４：**名無しのスカベンジャー**
うわあああああ！
マジでティアマットきたあああああああああああ⁉

２３５：**名無しのスカベンジャー**
こえええええええ

236：**名無しのスカベンジャー**
なんだあの筋肉

237：**名無しのスカベンジャー**
ドラゴンってはじめてみたけど怖すぎだろ・・・

238：**名無しのスカベンジャー**
つーか、こんなやべぇモンスターが身近にいるって怖すぎなんだが

239：**名無しのスカベンジャー**
こいつにソロで挑むの？
さすがに無理じゃね？
まおたんリセット？

240：**名無しのスカベンジャー**
ソロ（S級モンスター2匹）

241：**名無しのスカベンジャー**
助さん格さんこらしめてやりなさい

242：**名無しのスカベンジャー**
いや、ほんとにこらしめるのかよｗｗｗｗ

243：**名無しのスカベンジャー**
草草草

244：**名無しのスカベンジャー**
うわあああああ!?

245：**名無しのスカベンジャー**
かいじゅうだいせんそう　が　はじまった

２４６：**名無しのスカベンジャー**
すげぇ。Ｓ級モンスターの戦いなんて初めてみた

２４７：**名無しのスカベンジャー**
何が起こってんのかさっぱりわからん

２４８：**名無しのスカベンジャー**
がんばれみろろん！

２４９：**名無しのスカベンジャー**
がんばれわんさぶろう！

２５０：**名無しのスカベンジャー**
がんばれまおたん！

２５１：**名無しのスカベンジャー**
え!?　本当にまおたんががんばるの!?

２５２：**名無しのスカベンジャー**
魔王様!?

２５３：**名無しのスカベンジャー**
流石に幼女の姿でティアマットに挑むのは無理があるのでは
ここは第二形態に変身してもろて

２５４：**名無しのスカベンジャー**
あ

２５５：**名無しのスカベンジャー**
あ

２５６：**名無しのスカベンジャー**
えいｗｗｗｗ

２５７：**名無しのスカベンジャー**
えいっ＼(^o^)／

２５８：**名無しのスカベンジャー**
かわいい

２５９：**名無しのスカベンジャー**
ブレスにビンタしたｗｗｗｗｗ

２６０：**名無しのスカベンジャー**
うそだろおおおおおおおおお!?

２６１：**名無しのスカベンジャー**
これは切り抜きがはかどる

２６２：**名無しのスカベンジャー**
私ってば無敵すぎる＼(^o^)／

２６３：**名無しのスカベンジャー**
安定のネーミングセンス

２６４：**名無しのスカベンジャー**
どすこ－い

２６５：**名無しのスカベンジャー**
どすこ－－－－いｗ

２６６：**名無しのスカベンジャー**
ティアマトに力勝負で勝つ幼女

２６７：**名無しのスカベンジャー**
川柳やめろｗ
おまえ絶対コメント欄にいたやつだろｗ

２６８：**名無しのスカベンジャー**
ティアマットぶん投げたんだが

２６９：**名無しのスカベンジャー**
ファ――――ッ⁉

２７０：**名無しのスカベンジャー**
(ﾟдﾟ)ポカーン

２７１：**名無しのスカベンジャー**
(ﾟдﾟ)
(Д)ﾟﾟ

２７２：**名無しのスカベンジャー**
Ａ級モンスターのティアマットさんが戦意喪失しとる・・・

２７３：**名無しのスカベンジャー**
怯えて尻尾くるんってなっとるやん・・・

２７４：**名無しのスカベンジャー**
やもりん・・・

２７５：**名無しのスカベンジャー**
そして仲良くなったｗｗｗ
なんでｗｗｗ

２７６：**名無しのスカベンジャー**
ゴロゴロ言っとる

２７７：**名無しのスカベンジャー**
かわいい

２７８：**名無しのスカベンジャー**
登場人物全部可愛い

２７９：**名無しのスカベンジャー**
これって、ティアマットが魔王様の配下になったってことだよね？
魔王軍の戦力が超増強されたってことでおｋ？

２８０：**名無しのスカベンジャー**
やば

２８１：**名無しのスカベンジャー**
魔王軍は盤石だな
勇者はよこい!!

２８２：**名無しのスカベンジャー**
ど、同接１０万人だと・・・⁉

２８３：**名無しのスカベンジャー**
やべぇｗｗｗｗ
余裕のトモ様越えｗｗｗ

２８４：**名無しのスカベンジャー**
魔王様自身はやもりんと友達になったことのほうが嬉しいみたいだけど

２８５：**名無しのスカベンジャー**
さすまおだわ

２８６：**名無しのスカベンジャー**
これはさすまおだな

２８７：**名無しのスカベンジャー**
というか、ソロで表参道１５号ダンジョン踏破って普通に凄ない？
ＢＡＳＴＥＲＤでもそういないだろ

２８８：**名無しのスカベンジャー**
確か最高で１３号だっけ？

２８９：**名無しのスカベンジャー**
１５号はなかったはず
下手したらリセットだしリスクが高すぎるからな

２９０：**名無しのスカベンジャー**
昨日の時点で大物スカベンジャーになりそうだったけど、こりゃやべぇな
絶対有力チームとか事務所のスカウトマン動いてるって

２９１：**名無しのスカベンジャー**
その前に愛護団体に目をつけられなきゃいいけど

２９２：**名無しのスカベンジャー**
＞＞２９１
なんやそれ？

２９３：**名無しのスカベンジャー**
モンスター愛護団体
モンスターにも人権があるとかほざいてる連中
環境テロリストの亜種だよ
スカベンジャーを目の敵にしてる

２９４：**名無しのスカベンジャー**
ヤバ。そん連中がおるんか
知らんかったわ

２９５：**名無しのスカベンジャー**
魔王様は問題ないよ
そういう輩が来てもワンパンだし

２９６：**名無しのスカベンジャー**
魔王様は退かぬ！

２９７：**名無しのスカベンジャー**
媚びぬ！

２９８：**名無しのスカベンジャー**
省みぬ！

２９９：**名無しのスカベンジャー**
このスレ加齢臭がする（´・ω・｀）

３００：**名無しのスカベンジャー**
省みるくらいしろｗ
ツリッターとかいろんなスレで大騒ぎだぞｗ

第二章 魔王様、勇者と遭遇してしまう

A young girl-like bottom-tier dungeon streamer forgot to turn off the stream and was admiring an S-class monster when she was mistaken for a demon king and went viral

バズ後の初配信から一夜が明け、まおのダンTVチャンネル登録者数は爆発的に増えていた。

興奮（というより不安）冷めやらぬ状況であんまり眠れなかったんだけど、朝起きてチャンネルを見たところ、登録者数は九〇万人を超えていた。

ツリッターのフォロワーも五〇万人を突破……。

一六年生きてきて、これほど戦慄《せんりつ》したことはない。

まお、明日死ぬんじゃなかろうか。

おまけに、まおのツリートにインプレゾンビたちが大量発生してたし。

この前までインプレゾンビが～なんていう人たちを「はいはい、有名人アピ乙！」みたいな冷めた目で見てたけど、ほんとにウザイんだねこれ。

さらに、昨日のまおの配信の切り抜き動画がＦｏｒＴｕｂｅに大量にアップされ、大手ニュースサイトにも「現代に魔王が降臨⁉」の記事がたくさん掲載されていた。

記事に載せられていたのは、まおがわんさぶろうに乗ってダンジョンを駆け抜けてる

シーンとか、まおがやもりんを上手投げしているシーンなんだけど……。

うん、いい笑顔してるぅ！

なんて他人事のように思えてしまうくらい、汚名……というか悪名が広がりまくっている。

ここまで広がっちゃうと、流石にクラスメイトにもばれちゃうんじゃないかな――って心配してたんだけど、見事に的中しちゃった。

「おお！　来たぞ！　有栖川《ありすがわ》だ！」

「……うげげっ⁉」

朝、教室の入り口に凄《すさ》まじい人だかりができていた。

「まおちゃん、ニュース見たよ！」

「おい有栖川！　お前、魔王ってマジなのかよ⁉」

「魔王様！　俺の尻《しり》を叩《たた》いてくれ！」

「まお先輩！　チャンネル登録しましたよ！　次の配信も楽しみにしてます！」

「サインください！」

「有栖川さん、ちっさくて可愛い！　ナデナデしていいですか？」

「魔王様ってミニマムサイズすぎる！　持って帰りたい！」

「ガチの幼女魔王じゃん！」

うん、とりあえずまおを幼女扱いすな。

サイン攻めされたり、ナデナデ攻めされたりして、まるで芸能人にでもなったかのような気分になったけど、正直複雑な心境。

だって「可愛いくてクールなスカベンジャーまおたん☆」じゃなくて「現代に転生してきた恐怖の魔王まお†」でバズってるんだもん。

とはいえ、ダンTV登録者数が九〇万人になったのは事実。

そういえば、朝一番にあずき姉から「ダンTVのアフィリエイトプログラムに申請しといたよ」って連絡が来てたっけ。

なんじゃそりゃって感じだったけど、どうやらお金がもらえる収益化の申請みたい。

アフィリエイトプログラムに通ったら、リスナーからゴールドチャット（おひねり）をもらうことができるんだって。

ゴルチャのことは以前から知ってたけど、そういうシステムだったんだ。

昨日の配信で誰もゴルチャくれないなってちょっとだけ思ってたけど、申請が必要だったのね。学びだわ。

てか、なんであずき姉がまおのアカウントの収益化申請できるのか疑問だけど。

てなわけで、その日の放課後。

ひっきりなしにやってくる生徒たちの目を躱《かわ》し、第二部室棟にあるダンジョン部の部室へとやってきた。

「……あ〜、みかんうま〜」

部室のど真ん中に置かれたこたつに下半身を突っ込んだあずき姉が、実に幸せそうな笑みを浮かべている。

その格好は、天草《あまくさ》高校指定のジャージ姿。

さらに手には、みかんがひとつ。

完全にリラックスモードである。

「……お、現れたな。現代に転生してきた魔王」

「魔王はやめてよ、あずき姉」

「学校ではあずき先生な？」

キリッと教師の顔を作る。

そう呼んでほしかったら、もう少し先生としての威厳を見せてくれ。

「というか、どしたのそのみかん？」

「あ、聞きたい？　聞きたいよね？」

「いや、そんなには」

だって何だかめんどくさそうだし。

あずき姉はみかんを口の中に放り込み、軽いドヤ顔で続ける。

「実は今朝、学校に来るときに横断歩道渡ってたら巨大な荷物を抱えてるお婆ちゃんがいてさ？　すごく大変そうだったから助けようと思ったんだけど」

「人助け？　やるじゃんあずき姉」

いつものあずき姉なら「ああならないように、荷物持ちを雇えるくらいのリッチな女にならなきゃな」とか言いそうだけど。

「あずき先生な」

あずき姉の隣に座り、みかんをひとつ拝借。

お。甘くておいしい。

「でも、あたしも重い荷物を持つのは勘弁だからドローンを使ったわけよ。ほら、丁度まおに使ってもらおうと思って家から持ってきた子がいたからさ？」

「ドローン」

おやおや？

なんだか雲行きが怪しくなってきたぞ？

「そしたらお婆ちゃん、あたしのドローンにびっくりしちゃってさ。一〇〇メートル走の日本記録を更新しちゃうんじゃないかって勢いで走っていっちゃって。いや、悪いことしちゃったなぁ……」

「お前は鬼か」

なんて罰当たりなことをしやがるんだ。

お婆ちゃんが可哀想すぎるでしょ。

ダンジョン配信の人気に比例するように最近のドローンちゃんの性能も高くなっていて、市販されているものでも重い荷物を運べるようになっているけどさ。

いきなり変な物体が近づいてきたら誰だってビビるよ。

「……ん？　ていうか、みかんの話は？」

「その後、コンビニで買った」

「お婆ちゃんの話、全然いらない」

お婆ちゃん助けてお礼に美味しいみかんをおすそ分けしてもらったとかじゃないんかい。

　この数分間の会話、無駄しかない。

「それで、お婆ちゃんをビックリさせちゃったこのドローンをまおに使ってほしくてさ。ちょっと見てよ」

あずき姉がこたつの中からスリムなデザインのドローンを取り出す。

いや、どこに入れてんだ。

「超小型なのにジャイロ機能が強化されたやつで、ブレを自動的にスタビライズしてくれるんだ。だから激しい動きしてもオッケーなんだよね。すごくない？」

「……ふ、ふ～ん？」

よくわからないけど、小さくて小回りが利くドローンちゃんなら、狭いダンジョンでもバッチリってことなのかな？

ま、あずき姉は人として終わってるけど、機械に関して間違いはないし、ありがたく拝借《はいしゃく》しよう。

早速、今日の配信で使ってみようかな。

「ところでまお、ツリッターのほうは大丈夫？」

「ん？　大丈夫って？」

「あんたDM解放してるでしょ？　昨日の配信が終わって色々来てるんじゃない？」

「……あ、そうそう！　それだよ！　あずき姉に頼んでDM来ないようにしてもらおうと思ってたんだった！」

「あずき先生な」

通知切ってたからすっかり忘れてた。

あずき姉が言う通り、昨日の配信終わってからDMが山のように来てるんだよね。

リスナーさんからの応援メッセージはすごく嬉しいんだけど、スカベンジャーチームとか事務所からの勧誘DMも多い。

出会い厨《ちゅう》みたいなのは即ブロックしてるけど。

「やっぱり洗礼を受けてたか」

「変なDMはブロックしたけど、スカウトさんのDMってどうすればいいのかな？　チームとか事務所とか、よくわからないし……」

まおが知ってるチームっていえば、RTAやってる実力派のセブンスレインさんとか、トモ様が所属してるBASTERDさんみたいな有名どころくらいなんだよね。

知らないチームとかに入るのは怖いし断りたいんだけど、無下《むげ》に断っちゃうと波風が立っちゃう気がするし。

「ま、気にしなくていいと思うよ」

あずき姉がのほほんとした顔で続ける。

「一〇〇万人登録者レベルになると『選ばれる』から『選ぶ』ほうに変わるからね。じっくり選びな？」

「じっくり選べって……」

その選定基準がわからないって言ってるんですけどね。

それに、つい先日まで同接《どうせつ》二のヨワヨワ配信者だったまおが、いきなり上から目線で「選んでやるぜ」って、なんだか失礼極まりなくない？

「それに、DMくれたスカウトの人たちって『癒やされキャラまお』じゃなくて『魔王キャラまお』を欲しがってるんだよね？　う～ん、そういうのちょっとノーサンキューっていうか……」

「癒やされキャラって誰のこと言ってんの？」

「まおに決まってるじゃん」

「……」

え？　何その胡散臭《うさんくさ》い顔？

どっからどうみても、まおは癒やされキャラでしょ？

それに、可愛い系キャラで売り出したいってさんざんあずき姉には説明してるよね？

「……ん？」

なんてやってると、部室の入り口がガラっと開いた。

そこに立っていたのは、地味な見た目の男子生徒。

まおが苦手な小鳥遊《たかなし》くんだ。

彼はまおの顔を見るなり、ギョッとした顔をする。

「よ、よう、有栖川……さん」

激しく視線を泳がせながら、こたつのほうへとやってくる。

どうしたんだろ？

いつもの上から目線発言がないし、なんだか小鳥遊くんっぽくないけど。

「き、きき、聞いたよ。昨日の配信、同接一〇万人いったんだって？　な、なかなかやるじゃないか」

「あ、うん、そうなんだよね。チャンネル登録者も一〇〇万人に届きそうなんだ」

「ひゃく……っ⁉」

顔を真っ青にして固まる小鳥遊くん。

「よ、よよ、よぉし、そのくらいの登録者数がいるなら条件クリアだな。仕方ない。そろそろ俺がコラボしてやるよ」

「……え？　コラボ？」

なにそれ？

全く望んでないんですけど？

「ちょっと待って、小鳥遊くん？」

あずき姉がにこやかな顔で割って入る。

「キミってダンTVの登録者数、いくつだったっけ？」

「え？　八〇〇人ですけど？」

「ん～、ごめんね。悪いんだけど八〇〇人程度の戦闘力で、ウチの大事な広告塔にすり寄ってこないでくれるかい？　ほら、イメージとかあるからさ。てか、昨日までさんざんまおを『ザコ』だの『底辺』だのこき下ろしてたくせに、バズったら華麗に手のひら返すってどうなん？　男らしく初志貫徹《しょしかんてつ》しな？」

「……う、ぐぐっ」

小鳥遊くんが喉にものをつまらせたような顔をする。

あずき姉ってば容赦ないなぁ。

概《おおむ》ねその意見には同意なんだけど、あなたダンジョン部の顧問ですよね？

もう少しこう、手心というか……。

――てか、待って？

さらっと流しちゃったけど、あずき姉ってば変なことを言ってなかった？

「ね、ねぇ、あずき姉？　大事な広告塔って何？」

生まれてこの方、そんなものになった記憶はないんだけど。

「ふっふっふ。お気づきになられましたか。実はまおがバズってくれたおかげで、廃部の危機に陥《おちい》ってるウチの部が大復活できそうなんだよね」

「大復活」

「そ。まおを広告塔にした部の宣伝ポスター作ったんだ。ほれ」

こたつの中からあずき姉が取り出したのは、先日の配信の切り抜き画像を使ったポスター。

わんさぶろうに乗ったまおが、この指とまれと言いたげに人さし指を天高く掲《かか》げている写真。

そして、その上に輝くキャッチコピー。

キミも現代に転生してきた魔王、有栖川まおが所属するダンジョン部に入ろう――。

「ちょっとなにコレ？」

「どう？　めっちゃ部員増えそうでしょ？」

「や、確かに増えるかもしれないけど、許可を出した覚えないよ？」

「乗るしかない……このビッグウエーブに！」

「ねえ、やめて⁉　切実に‼」

一枚だけかと思ったら、こたつの中に大量にあるし！

ていうか、何なのこのこたつ⁉

四次元ポケット的なやつなの⁉

ちなみに、あずき姉いわく、まおに来年度の天草高校のＰＲ映像出演の話もあるとかなんとか。

……いやいやいや、本当にやめてくれないかな。

学校ぐるみで、まおの汚名を広げようとしないで？

＊＊＊

学校が終わって、まおは電車を乗り継いで西麻布へと向かった。

今日は西麻布六号ダンジョンでまったり配信しようかな――なんて思ってたんだけど、ネットニュースによると封鎖《ふうさ》されちゃってるみたい。

なんでも崩落事故が起きて中層以下に降りられなくなっちゃったとか。

こういう事故、たまに起きてるんだよね。

だけど、ひと月もすれば元に戻って封鎖が解除される。

といっても、有志のスカベンジャーさんたちが修復工事をしているわけじゃなく、ダンジョンが勝手に自己修復しちゃうのだ。

有識者さんは「ダンジョンの自浄作用」って言ってたっけ。

ダンジョンの中にいるモンスターも時間が経てば復活するし、宝箱の中身も入れかわったりするから、もしかしてダンジョンって生きてるのかもしれない。

まぁ、難しいことはまおにはわからないけどね☆
というわけで、六号のすぐ近くにある一四号にやってきた。
待機フロアでささっと準備（あずき姉に借りたニュードローンちゃん！）を終わらせてダンジョン内に。
ここって古いお城みたいな内装だから散歩配信にはもってこいなんだよね～。
「……みなさんこんばんちわ～！　みんなのアイドル、プリティまおだよ！　今日もまおのダンジョンさんぽ、はじめちゃいますっ！」
ドローンちゃんに向かってにっこり笑顔。
すぐにコメント欄に大量の反応が。
《まってましたあああ！》
《きたああ！》
《魔王様こんにちは！》
《魔王様、今日もかわいいですね！》
《こんにち魔王！》
《こんにち魔王～～》
「みんな！　魔王じゃなくて、ま・お・た・んね？」
そこ重要だから。
今後の可憐《かれん》なストリーマー生活のためにも！

《わかりました魔王様》

《御意でございます、魔王様》

《お望みのままに・・魔王様》

《誰もまおたんって呼んでなくて草》

こ、こいつら……っ！

絶対に楽しんでるでしょ⁉

画面の向こうでニヤニヤしてるのが手に取るようにわかるもん！

閑話休題《かんわきゅうだい》。

今日はのんびり雑談配信の予定。

あずき姉の神アドバイスによると、前回でまおの魅力はリスナーさんたちに十分伝わったと思うので、今回はまったり雑談配信がいいのだとか。

何の魅力だよって突っ込みたい気持ちはあるけど、とにかく今日は雑談しながらダンジョンを散歩しようかなって思ってるんだよね。

最下層に行ったりは無し！

だから今回は同接数が伸びないと思うけど――。

「……おぉふ、いきなり同接三万人だと……？」

変な声が出ちゃった。

前回のスタートのときより増えてない？

今日は特に何もやらずに雑談やろうと思ってるんだけど、大丈夫かな……。
やっぱり西麻布一四号ダンジョン最下層RTAとかやったほうがいい？
だけど今日はそんな気分じゃないし……。
ええい、ままよ！
初志貫徹で、雑談配信はじめちゃうもんね！
「はいっ！　今日はツリッターで募集していた質問に答えようと思います！」
《おお》
《そういやツリッターで募集してたな》
《たくさん送りました！》
《楽しみ！》
ま、質問を募集したのはまおじゃなくてあずき姉なんだけどね？
あずき姉がまおのツリッターアカウントに（勝手に）ログインして「マカロン」っていうサービスで質問を募集したみたい。
よく知らないんだけど、マカロンっていうのは匿名でメッセージを受け付けるサービスなんだって。美味しそうな名前だよね。
「ええっと、それでは最初の質問です。『どうして魔王様はそんなに強いんですか』……う～ん、可愛いモンスちゃん探しに頻繁に最下層に行ってるからかなぁ？　皆さんもソロで最下層に行けば、これくらい余裕ですよ！」

《ソロで最下層》
《前提から無理》
《鶏が先か卵が先か》
《そりゃソロで最下層行けたら余裕だろうなｗ》
《魔王様、いい受け答えしたな～みたいにドヤってて草》
《可愛い》
よ～し、よしよし。
これはいい感じで回答できたんじゃないでしょうか。
この調子で続けましょう！
「はい、次の質問！　『どうして魔王様は都会のダンジョンばかり潜《もぐ》ってるの？』……ええと、お、大人っぽく見せるため？」
表参道とか西麻布とか、大人の街って感じじゃない？
そういう街に似合う大人の女性になるのが夢なんだよね～。
《正直》
《素直な魔王様可愛い》
《大丈夫ですよ魔王様！　どんな街に行っても魔王様は可愛い幼女です！》
こらっ！　幼女って言うな！
「次！　『事務所には入っていないんですか？』……入ってないです！　天草高校のダ

ンジョン部には入ってますけど……あれ？　もしかして事務所って、部活動的な意味じゃないですよね？」
《違います》
《天草高校か。確か東京都内にあったな》
《しれっと身バレｗｗ》
《まぁ、すでにネットに出てる情報だけどな》
《トモ：無所属なら私の事務所に来ないか？》
《あのネットの情報マジだったのか》
《⁉⁉》
《トモ様⁉》
《ファッ⁉》
「……ファッ⁉」
　思わず変な声が出た。
《スカウトきたあああ！》
《毎回魔王様の配信見てて草なんだが》
　まさかのトモ様、再び降臨である。
　さらに、恐れ多くも誘われちゃってるし……。
「ちょ、ちょちょ、ちょっと待ってください！　トト、ト、トモ様の事務所って、あの有名なBASTERDさんですよね⁉」

BASTERD――。

トモ様をはじめ、数多くの実力派スカベンジャー&ストリーマーが所属している最大手事務所だ。

まおも知っている有名配信者もたくさんいる。

黒尽くめのロリータファッションでダンジョンに潜ってる「漆黒淑女《ダークネスレディ》」のアリサさんとか、戦乙女を彷彿とさせる可憐かつ豪放磊落《ごうほうらいらく》（意味はわからない）な東雲《しののめ》さんとか。

とにかく、凄《すご》いスカベンジャーさんたちがたくさん在籍してる事務所！

《トモ：社長には話を通している。今度会ってくれないだろうか？》

《うおおおお！》

《マジなやつだｗｗｗ》

《魔王様、これはチャンスですよ！》

「だだだ、ダメですよ！　そんな、ねぇ皆さん⁉」

《そうだよ！》

《俺たちの魔王様は他人に媚《こ》びへつらわないのだ！》

《そうだ！　それでこそ魔王様！》

《魔王様は使役する側でしょう⁉》

《BASTERDを配下に収めるべき！》

《そうだそうだ》
《あずき：魔王様最強！》
《我らの魔王様！》
《魔王様バンザイ！》
《さすまお！》
「……」
ちょっと待ってよキミたち。
ＢＡＳＴＥＲＤを配下に収めるべきとか、バチ当たりなことを言うのやめな？
「と、とにかく、トモ様ありがとうございます！　で、でも、そのお話はまた今度ということで……ええっと、次のマカロンいきますね！『配信機材について教えてください』……はい、ろどーんっていう機械を使ってます！」
《ろどーん？》
《ドローンじゃなく？》
「……ま、間違えました。ドローンです」
速攻でツッコミが来ちゃった。
恥ずかしい。
《ｗｗｗｗ》
《草生える》

《魔王様、おちんついて》
《ドローン使ってるって、そりゃそうだろｗｗ》
《魔王様、多分、使ってるドローンの機種を知りたいんだと思われます》
えっ、機種⁉
し、知らないよそんなの！
「ええっと、ごめんなさい。ちょっとわからないです……なにせ、機材関係は全部あずき姉にお任せしてまして……」
《あずき姉キター》
《お姉様さすがです》
《魔王様、機械に弱そうだもんな》
《頼れるお姉様》
《配信見てると全くブレてないし、魔王様の激しい動きにピッタリ追従してるし、相当高性能のジャイロ機能ついてるやつだろうな》
《高そうだけど、俺も機種知りたい》
《あずき：まおが使ってる機材についてはツリッターにURL貼ってます。ちなみに、そこから購入したらまおの懐にお金が入るのでよろしくお願いします。収益化申請はまだ通ってないので、おひねりだと思ってください》
《さすが姐《ねえ》さんｗ》

《これはやり手だわ》
《早速買います》
《てか、収益化はよ》
ざわつくコメント欄。
さすがあずき姉だ。
そんなものを用意していたなんて知らなかった。
何言ってんのかよくわからないけど。
「あずき姉ってホント凄いんですよ。機械に強いし、教えた覚えのないまおのSNSのアカウント情報全部知ってるし、正に参謀《さんぼう》って感じ！」
《え？》
《参謀？》
《それ参謀なのか？》
《あずき姉すげぇ・・・》
《もしかして有名なハッカーなんじゃね？》
《リスの着ぐるみ着てる？》
《あずき：まお、お姉ちゃんの悪名を広げるのはやめてもろて》
あ、まずい。
あとで怒られちゃう。

「と、とにかく、あずき姉は友達がいないまおが唯一頼れる存在なんです！」
《友達がいない》
《おかしいな。目から汗が・・・》
《おれも友達いないよ》
《モンスターの友達はたくさんいるのにどうして・・・》
《めちゃくちゃ親近感湧いた》
あれ？　あずき姉の凄さをアピールしたつもりなんだけど、なんか同情されてる？
「き、気を取り直して続きの質問です！　『まおたんの衣装可愛い！　どこで買ってるんですか⁉』……ありがとう！　いいね！　こういう質問待ってました！　みんな、こういうのもっとちょうだい！」
ふっふっふ。
可愛いドレスだから気になっちゃうよね？
大抵のスカベンジャーさんはモンスターに見つからないように地味な服とか、頑丈な鎧《よろい》を着てるんだけど、モンスちゃんと仲良くしたいまおにはそういうの必要ないから可愛さに全振りしてるんだよね。
《確かに魔王様の装備って他で見ないよな？》
《スカベンジャーっぽくない》
《白、紫、黒だから目立ちまくってるしな》

《どこで手に入れたんですか？　ダンジョンの宝箱？》
「自分で作ったよ！」
《は？》
《へ？》
《自分で作った？　何を？》
《キャラ設定？》
衣装だよ！
「生産スキル……っていうんですかね？　ダンジョンの中でしか着られないけど、イメージを具現化できる【あたし好みにな～れ】っていうスキルがあるんです。それを使って生産しました」
ちなみにイメージは魔法少女なんだよね。
日曜の午前中にやってる「魔法少女スカーレット☆マニキュア」ってアニメが大好きで、それに出てくるマニキュアパープルを参考にさせていただきました。
まおのスキル【あたし好みにな～れ】って、生産時に素材が必要になるけどホントいろんなものが作れるから楽しいんだよね。
いつかクリエイティブ配信もできたらいいな。
《(。ロ。)ポカーン》
《俺の知ってる生産ではそんな服は作れないんだがｗｗ》

《消費系アイテムを作るスキルがあるってのは知ってるけど》
《てか、安定のスキル名だなｗ》
《イメージを具現化できる生産スキルとか聞いたことねぇ・・・》
《おいおい、生産系のスキルまで持ってんのかよｗ　どんだけスキル持ってんだｗｗ》
《さすまお》
《イメージを具現化できるスキル・・・生産系のスカベンジャーチーム垂涎《すいぜん》のスキルだな》
《ダンカリで大儲《もう》けできそう》
ちなみに「ダンカリ」というのは、ダンジョン内で入手したアイテムとか生産したアイテムを売買できるダンジョン探索用のフリマサイトのことだ。
普通のフリマと違って郵送なんてできないからダンジョン内で直接手渡ししなきゃいけないけど、それでもかなりの数のスカベンジャーさんたちが利用しているみたい。
まぁ、まおは使ったことないけどね。
リアルマネーを使うから、利用できるのは成人した大人だけなのだ。
「はい、次です！『魔王様の好きな言葉を教えてください』不労所得！」
これしかないでしょ。
ダンジョン配信をはじめた理由のひとつが、楽してお小遣い稼ぐためだもん。
《一ミリも悩んでねぇｗｗｗ》

《ｗｗｗｗ》
《女子高生の口から出る言葉じゃねぇんだ》
《あずき：いいよね、不労所得・・・》
《わかった。全部あずき姐のせいだ》
《姐ｗｗｗ》
《あずき姐、好きそうだもんな不労所得》
《不労所得は全人類の憧れぞ？》
《わかる》
《わかる》
《トモ：わかる》
《ちょｗ　トモ様も⁉ｗ》
トモ様も同じ穴のムジナだったか。
いいよね。不労所得。
ちなみにあずき姉の将来の夢は、タイムマシンを作ってＦＸで大儲けすることらしい。
ＦＸって確か映画とか創作物のジャンルだよね？
ほら、宇宙で戦争するみたいなやつ。
あれでどうやって儲けるんだろ？
「ええっと、続けます！　『魔王様の将来の夢は？　やっぱり世界征服ですか？』……

うん、そうだねってコラッ！　まおは魔王じゃないからっ！」
《ノリツッコミw》
《可愛い》
《そのノリツッコミもユニークスキルですか？》
ちがわい！
「まおの夢は日本中の可愛いモンスちゃんたちと友達になること！」
《なるほど、日本制覇ですね》
《魔王様っぽい》
《それってある意味、世界征服なのでは？》
《さすまお》
《お供させていただきます》
ねぇ、不穏なコメントやめて？
「短期的な目標は、こうやってまったりダンジョン散歩したり雑談したり……あ、他のストリーマーさんとコラボとかできたらいいなぁ」
小鳥遊くんとのコラボは嫌だけど。
だって全然楽しそうじゃないもん。
もっとこう、一緒にダンジョン探索してワクワクする相手っていうか、可愛い女の子がいいっていうか――。

《トモ：では今から私とコラボしよう》
「そうそう、トモ様とコラボとか…………うえ？」
カエルみたいな声が出た。
《は？》
《うそ？》
《ガタッ！》
《魔王様とトモ様がコラボ⁉》
《トモ：今、六本木だからすぐそっちに向かう》
《うおおおおお！》
《きたああああああっ！》
《まじかよｗｗｗｗｗ》
《まつりじゃあああ！》
《これはすごいことになってきたぞ⁉》
「……⁉　⁉　⁉」
全然頭がついていってない。
コメント欄をスワイプさせてトモ様の発言を見直す。
え？　来るって、このダンジョンに？
トモ様とコラボするの？

「……今から？」

まお、よそ行きの格好してませんけど？

＊＊＊

トモ様から突然のコラボの話をいただいてから一五分ほど。

まおがいる西麻布一四号ダンジョンに、マジのマジでトモ様がやってきた。

栗色のショートヘアにキリッとした目元。

瞳は宝石みたいに輝いていて、吸い込まれちゃいそうな魅力がある。

服装はファーがついたチュニックに革の手袋、そして足のラインがしっかりわかるズボン。

色はダンジョンの保護色ともいえる茶や黒。

オーソドックスなスカベンジャースタイルだけど、トモ様が着ていると正装に見えちゃうから凄い。

しかし、と改めてトモ様を前にして思う。

げ、げ、現実味がねぇ……。

トモ様はまおの憧れの存在でもある。

配信は毎回欠かさず見てるし、青山一〇号ダンジョンの伝説切り抜き動画は擦《す》り切れるくらいヘビロテしてる。

他にも六本木九号で遭遇《そうぐう》しちゃった「モンスターフロア」のモンスちゃん五〇匹を五分で血祭りに上げた切り抜きとか、うっかり食べちゃった「盲目りんご」で目が見えなくなった状態で最下層をクリアした切り抜きとか……！

最強の探索者《トップオブスカベンジャー》。

そんな名前がピッタリのトモ様なんだけど——。

「はぁはぁ……キ、キ、キミが本物のまおたん……なのかっ⁉」

開口一番、トモ様の口から放たれたのは、そのクール&ビューティな見た目にはちょっと似つかわしくない言葉。

……え？　まおたん？

「え、ええっと……はい。まおです。は、は、はじめまして」

「す、凄い……ちっさくて可愛い……ナ、ナデナデしてもいいだろうか？」

「ファッ⁉」

め、目が怖いですよ⁉

妙に息も荒いし！

普段のトモ様からは想像できないくらい、何ていうか……変質者っぽいんですけどっ⁉

だけどナデナデしてもらった。

だってトモ様からお願いされちゃったらさぁ？　子供扱いされてるみたいで本当は嫌なんだけど、トモ様は特別だよ？　えへへ。しばらく髪の毛洗えないなぁ……。

リアルトモ様って、配信のときとちょっと違っていかにも「同年代」って感じがする。

や、トモ様もまおと同じ女子高生だから正真正銘《しょうしんしょうめい》同年代なんだけど、ほら、トモ様ってこう、「私についてこい、迷える子羊たちよ」とか「キミを助けたのは事実だが、なれなれしくしないでもらおう」とか言っちゃいそうな雰囲気があるじゃない？

王子様キャラっていうのかな？

その証拠に、トモ様は白北女子学園っていう女子校に通っているらしいんだけど、バレンタインデーに大量のチョコをもらうんだって。

「……改めてお礼を言わせてもらうぞ、まおたん」

トモ様はまおの頭を堪能《たんのう》（ちょっとくんくんされた）したあと、凛々《りり》しい表情で続ける。

「先日、オルトロスから救ってくれてありがとう。あのときキミがいなければ、私は間違いなくリセットされていただろう」

多分、わんさぶろうと出会った渋谷八号ダンジョンのことかな？

ダンジョンで命を落としたスカベンジャーは能力がオールリセットされる。

有名なダンジョン配信者が凡ミスでモンスちゃんにやられて引退した――なんて話は

たくさんあるし、トモ様もリセットしたら引退してたかもしれない。

それを考えると、まおってばグッジョブ‼　なんだけど――。

「そ、そんな！　まおはただ、わんさぶろうを愛《め》でてただけですし……」

あれで助けられたって言われても、逆に申し訳ないっていうか。

「いやいや、動機はどうであれ、助けられたことに変わりはない」

「そ、そう、ですかね……？？」

何ていうか、トモ様ってしっかりした人なんだな。

人気があるのもうなずける。

「……あ、そうだ。トモ様もすんごい怖い思いをしたでしょうから、今からわんさぶろうを呼んで謝らせましょうか？」

「いや、それはいい」

真顔で拒否られちゃった。

残念。

「しかし、いきなりのコラボを受けてくれてありがとう、まおたん」

「いえ、こちらこそ光栄っていうか！」

「コラボ内容は、とりあえずダンジョン探索を一緒にやるという形で良いだろうか？

西麻布一四号は高難易度ダンジョンなのだが、ふたりだったらなんとかなると思うし」

「もちろんオッケーですとも！」

トモ様と一緒なら三〇号ダンジョンでもいけそうだもんね。

ちなみに、まおの配信は一旦終了している。

改めてコラボ枠として別枠で配信する予定。

「でも、まおなんかとコラボして本当に大丈夫なんですか？　その、事務所の人とか……」

「もちろん大丈夫だとも。マネージャーに確認したところ、二つ返事で承諾してもらえたよ」

「そ、そうなんですね」

トモ様いわく、本当なら社長さんの承諾を得る必要があるらしいんだけど、スピード命で特別に許可を出してもらったんだとか。

流石人気ナンバーワン事務所。フッ軽だなぁ。

「というわけで、まおたん、今日は楽しもう！」

「はい！」

トモ様と一緒に気合を入れる。

よしっ！　コラボ配信、スタートだっ！

＊＊＊

「おはよう、ファミリーの諸君！　トモだ！　今日も元気にダンジョン探索を始めようではないか！」

トモ様が黒いドローンちゃんに向かってキメポーズ。

はわぁぁあああ……いつも配信で見てるやつだ！

生で拝めるなんて幸せ……。

眼福眼福。

「ところで、今日は素敵な特別ゲストを呼んでいる。紹介しよう。現代に転生してきた魔王こと、まおたんだっ！」

「……はっ⁉」

そ、そうだった！　コラボしているんだった！

今、完全にリスナーになっちゃってたよ！

こほんと咳《せき》払いをして、恐る恐るトモ様の隣に。

「こ、こ、こんまお～！　トモファミのみなさんはじめまして～！　まおです！」

トモ様とコラボが決まってから急遽《きゅうきょ》考えた挨拶「こんまお」を披露する。

なかなかにいい挨拶だと思わない？

え？　安直？　ＢＡＮするよ？

ちなみに「トモファミ」というのはトモ様のファンネームのこと。

そういえば、まおのリスナーさんたちにそういう愛称がないから考えないといけないな。あとであずき姉に相談してみよう。
《おおお！　トモ様だ！》
《マジコラボきたあああ！》
トモ様の配信だけじゃなく、別枠ではじめたまおの配信も大盛り上がり。
お互いのリスナーさんたちがお互いの配信にお邪魔してるみたい。
キミたち、お行儀よくね？
心配なのでトモ様配信をちらっと……。
《どっちも可愛い！》
《最高すぎてマリアージュ！》
《魔王様ってホント小さくて可愛いのな・・・》
《魔王様って誰？》
《魔王様の活躍が一分で分る動画↓URL》
《→表参道一五号ダンジョンボス、ティアマットを華麗に上手投げするやつな》
《・・・(゜ロ゜)⁉》
《ティアマットを上手投げｗｗｗｗ》
《ファッ⁉》
おい、やめろ。
まおの恥部《ちぶ》をトモファミの皆さんに晒そうとすな。

さすがにトモ様に注意を受けちゃうでしょ――と思ったんだけど。

「うむ、流石だな」

トモ様が満足げに頷《うなず》く。

「まおたんのことを知るにはその切り抜きが適切だと私も思うぞ。ありがとう、魔王軍の皆さん！」

注意どころか称賛しちゃったよ。

もしかしてトモ様、まおの切り抜き動画観てます？

「や、やめてくださいよトモ様！　魔王軍の皆にありがとうなんて……ん？　魔王軍？」

自分で言って首を捻《ひね》ってしまった。

サラッと流しちゃったけど、何それ？

「あ、あのうトモ様？　魔王軍ってなんですか？」

「ん？　まおたんのファンネームのことだろう？　ツリッターにそう書いてあったが……？」

ツリッター？

はて？

そんなの書いた覚えないけどな。

不思議に思いながらスマホでまおのツリッターを見ると、「これからリスナーさんたちのことを魔王軍の皆さんと呼びますね☆　きゅるん」というツリートを五分前にしてた。

おい待て。

これ、絶対あずき姉の仕業だろ。

「しかし、あの切り抜きは何度見てもすばらしいな！　短いながらも、まおたんの魅力がぎっしり詰まっている！　特にスキルでモンスターを呼び出すときのまおたんのポーズときたら……ふふ……ふふふ……」

「ト、トモ様？」

顔！　顔がだらしなくなってますよ！

《トモ様、顔ｗｗｗ》

《てか、呼び名が魔王様じゃなくてまおたんになってるしｗ》

《自分では隠してるつもりだけど、この人マジで可愛いものに目がないからなぁ・・・》

《トモ様も可愛い》

《魔王様狙《ねら》われてるよ！　逃げて！》

やだよ！

せっかくのコラボなのに！

「え、ええっと……ま、まおの切り抜き動画を見てもらえて嬉しいです。えへへ」

「いや、すまないまおたん。大口を叩いてしまったが、まだ一〇〇回ほどしか見ていないのだ……」

「ひゃ……」

おもわず口をあんぐり。

《見すぎで草》

《どんだけヘビロテで見てるんだwwww》

《そうか、トモ様も魔王様の魅力にやられてしまったか・・・》

《これ、トモ様も推しモンになったんじゃね？》

《【この指と～まれ♪】で召喚されちゃう⁉》

《まぁ、毎回魔王様のコメ欄に出没してるし、わかってたけどね？》

いや、それにしても見すぎでしょ……。

アップされたの、数日前ですよ？

「まぁ、とにかくだ！　今回はダンジョン配信界で一番ホットで可愛いまおたんと一緒にダンジョン散歩をしようと思う！　まおたん、今日はよろしく頼む！」

「はい～、こちらこそよろしくお願いします～！　まったり行きましょう～！」

そうしてまおたちは、西麻布一四号ダンジョンの上層エリア一へと足を踏み入れた。

＊＊＊

西麻布一四号ダンジョンは、ちょっとだけ特殊なダンジョンだ。

通称「逆型」と呼ばれていて、階層が下じゃなく上に延びている。

なので各層の最終エリアにあるのは下に下りる階段じゃなく、上に上る階段。

このダンジョンの入り口って一階建ての建物にあるのに、階層が上に延びてたらおかしいんじゃないかって思うんだけど、そういうものらしい。

まぁ、雑居ビルの一室が入り口になってたり、公園のトイレが入り口になってたりするから、もうなんでもありって感じなんだけどね。

そんな西麻布一四号ダンジョンの上層エリア一に入ったまおたちは、のんびりまったり散歩をしていたんだけど――。

「あ、あのトモ様？」

タイミングを見計らい、そっとトモ様に声をかけた。

「いきなりこんなお願いをするのは不躾《ぶしつけ》かもですけど、手伝ってほしいことがあるんです」

「手伝ってほしいこと？　なんだろう？」

首をかしげるトモ様。

今回は「ふたりで雑談でもしながらダンジョンを散歩しよう」っていう企画だからモンスちゃんたちを愛《め》でたりはしないんだけど、どうしてもトモ様に協力してほしいことがあったんだよね。

「私にできることならなんでもやるぞ。もう一度ナデナデしてほしいのか？　仕方ないな」

「ちがいます」

勝手に話を進めないでほしい。

けど、ナデナデはしてもらった。

「実はリスナー……えと、魔王軍の皆さんから、すんごい勢いで勘違いされているみたいで」

「勘違い？」

「そうなんです。だからまお、トモ様の発信力を借りて証明したいんです！」

「証明……なるほど！　そういうことか！」

トモ様は、合点《がてん》がいったと言いたげにポンと手を叩く。

「転生してきた魔王だということをきっちり証明したいわけだな！」

「ちがいます」

速攻で突っ込んだ。

むしろすでに転生してきた魔王だって信じきっちゃってるよ！

てか、普段の配信じゃあんまりわかんなかったけど、トモ様って天然キャラだった？

「逆ですよ逆！　まお、元々は可愛いキャラで売り出してるんです！　だから、魔王っていう怖いイメージを払拭《ふっしょく》したくて！」

「……？　今のままでも十分可愛いイメージで広まっていると思うが？」

「え？」

そうなの？

《何を言ってんだ定期》

《ほんそれ》

《魔王様は可愛い》

《まおたん、すでに十分可愛いって伝わってるよ！》

《魔王様から可愛いを取ったら何も残らないからな》

《幼女が可愛くないわけがない》

《トモファミですが、ファンになりました》

「え？　え？　本当に？　……えへへ」

中にはやんわりディスってるようなコメントもあるけど、魔王軍の皆さんとトモファミの皆さんに同時に褒められるなんて。

へへ、照れちゃうぜ。

《ｗｗｗ》

《嬉しそうで草》
《魔王様、顔を確かに》
《ニヤケ顔助かる》
《モザイクいる？　センシティブ認定されない？》
　されないから。
「しかし、まおたんが真剣に悩んでいるのなら無下にもできんな。なんとか協力してやりたいところだが……」
　ううむと首を捻るトモ様。
　そして幾《いく》ばくかの思案の後。
「……そうだ！　まおたんの可愛さをアピールするために『ダンジョン配信者の鬼門』にチャレンジしてみてはどうだろう⁉」
「え？　鬼門？」
「そうだ！　私もひと月前にチャレンジした、『モンスター一〇〇匹倒すまで帰れません』だ！」
「……あっ！」
　それ、聞いたことがある！
　たしかダンジョン内でモンスちゃんを一〇〇匹倒すまで地上にもどれないって企画だよね？

一〇〇人組み手ならぬ、一〇〇匹組み手。
並大抵のスカベンジャーさんならリセットは必至のダンジョン配信者の鬼門とも呼ばれる企画だ。
それをクリアできてようやく配信者として一人前になるとかなんとか……。
《???》
《えーと、どゆこと?》
《魔王のイメージ払拭するために、なぜ一〇〇チャレを?》
《可愛いと一〇〇チャレに繋《つな》がりある?》
《ないwww》
《トモ様、それってむしろ魔王様の悪名が広がるのでは・・・》
《しっ! しずかに!》
《これは面白い展開になってきた》
《wwwwトモ様さすがですwww》
《撮れ高よすぎで草》
《トモ様天才だわ》
《天然お姉様+天然幼女=最強》
「ふふふ、そうだろう?」
ドヤ顔のトモ様。

よくわからないけど、魔王軍の皆さんも賛成してるみたい。

まおもすごくいいアイデアだと思う。

だって、モンスちゃんを一〇〇匹倒すことができれば、モンスちゃんを統《す》べる魔王という悪名は減るかもしれないじゃない？

切り抜きで取り上げてもらえたら「ああ、まおたんって無慈悲《むじひ》にモンスター狩る可愛いスカベンジャーだったんだ」って思ってもらえるだろうし。

ただ、ひとつだけ問題がある。

一〇〇チャレをクリアするには、可愛いモンスちゃんを倒す必要がある。

つまり、無害なモンスちゃんをグーで殴らなきゃいけないってことだ。

そんなこと、まおにはできないっ……！

だけど、そうなると魔王の汚名は広がる一方だし……。

しばし思案。

カチャカチャカチャ……チーン！

「……わ、わかりましたトモ様！　まおの将来のため、ここは心を鬼にしてモンスちゃん一〇〇匹倒すまで帰れませんにチャレンジしますっ！」

ううう、ごめんね西麻布一四号のモンスちゃんたち！

痛くしないし、このお詫びは必ずするから許してっ！

まおの決意に、コメント欄も盛り上がる。

《おお！》
《頑張れまおたん！》
《応援してます魔王様！》
《ちょっと待って？　マジで高難易度の西麻布一四号で一〇〇チャレするの？》
《さすがに自殺行為では・・・》
《まおたん・・・いや、魔王様なら余裕！》
《むしろRTAに期待》
《切り抜き班～！　準備して～！》
当初のまったり配信から大きな企画変更だけど、皆の反応を見る限り大丈夫みたいだ。
あとはまおが頑張るだけ！
だけど――ううぅ、本当に頑張れるかなぁ……？

＊＊＊

まおの魔王イメージ払拭のために急遽始まった「ダンジョンのモンスター一〇〇匹倒すまで帰れません」だけど、とりあえず下の階層（このダンジョンは逆型から正しくは上の階かな？）に場所を移動することにした。

だってほら、どうせ一〇〇匹のモンスちゃんを倒すなら、強敵を倒したほうが「おお、さすがまおたん！」ってなるじゃない？
　A級モンスちゃんを一〇〇匹倒せたら、みんなぐうの音も出なくなるはずだし。
てなわけで、推しモンちゃんの背中を借りて一気に下層にやってきた。
　さてさて、どこで一〇〇チャレはじめようかな？
《下層直行便（モンスター）》
《相変わらずのスキップ能力》
《わんさぶろうに乗せられたトモ様が死んだ魚みたいな目をしてたけどなｗｗｗ》
《そらリセットさせられかけた相手だからなぁ・・・》
《トラウマなるわ》
「トモ様、一〇〇チャレに適した強いモンスちゃんがいる場所とか知ってます？」
　何気なくトモ様に尋ねてみた。
　このダンジョンにはたまに来てるけど、どこに強いモンスちゃんがいるのかは知らないのだ。
　トモ様はしばし考え、口を開く。
「とりあえずエリアを回って、希少品《きしょう》のアイテムが落ちている場所を探してみようか」
「え？　アイテムを探す？　どうしてですか？」
「通常、階層の各エリアのモンスターの強さは一定なのだが、極端に変わる場所があるのだ。そういう場所では希少なアイテムが落ちてる場合が多い。つまり、希少アイテムが落ちている場所には強いモンスターが出る可能性がある」

「へぇ～！　そうなんですね！」

知らなかった！

ちなみに、ダンジョンでアイテムを手に入れる方法はいくつかある。

まずひとつが、ダンジョン内に点在している宝箱から得る方法。

宝箱には金銀財宝や消費アイテム、装備品などあらゆるものがランダムで入っているので、探索する際にはまず宝箱を探すのが基本なんだよね。

次に、モンスちゃんを倒して得る方法。

こっちで得られるのは主に素材系かな？

素材というのは生産で使うアイテムのことで、ダンジョン専用フリマサイト「ダンカリ」で取引されたりしてる。

そして最後が、各エリアに直湧《じかわ》きしている「ルート品」と呼ばれているアイテムだ。

宝箱に入ってるわけじゃなく、ダンジョン内の棚やテーブルに置かれてるアイテムって言えばわかりやすいかも。

トモ様が言ってるのは、このルート品のことだよね？

つまり、レアリティが高いルート品が落ちてるエリアのモンスちゃんはすごく強くなる。

統計的にそういう傾向がある……みたいな感じだと思うけど、目からウロコだわ。

そんな情報、ダンジョンＷｉｋｉにも載ってないし。

さすがは人気配信者だ。情報収集力が凄い。

「ちなみに、まおたんはいつもどうやって希少なものを探しているんだ？」

「え？　まおですか？　ん〜、雰囲気ですかね」

「雰囲気」

「はい。こっちに可愛いモンスちゃんがいそうだな〜って」

難しいことは考えない。

嗅覚を頼りにモンスちゃんを探す。

それがまおの探索《たんさく》スタイルなのだ。

「あとは最下層に行っちゃうかもしれませんね。そっちが手っ取り早いですし」

「手っ取り早く最下層……な、なるほど」

トモ様が唖然《あぜん》とした表情をする。

あれ？　そんな驚くようなこと言ってるかな？

だけど、トモファミの皆さんも驚いているみたいで。

《トモ様、口が半開きになってますよ！》

《いや確かに最下層は希少品が出やすいけどさ・・・》

《超天然でカワヨ》

《魔王様にとって希少なものとは希少モンスターのことなんだなｗ》

《我らのトモ様が天然レベルで負けているだと・・・?》

《うちの魔王がなんかすみません》

《すみません(´・ω・`)》

うーん、おかしいなぁ。

まおの探索の目的って可愛いモンスちゃんを探して愛でる……じゃなくて紹介することだし、なんらおかしいことは言ってないんだけどなぁ。

「……ん?」

なんて首を捻っていると、通路の角からひょっこり何かが顔をのぞかせた。

キノコのモンスター、歩きキノコだ。

「むっ! 見ろ、まおたん! 早速いい感じのモンスターが出てきたぞ!」

「そうですね! 見るからに可愛らしい歩きキノコちゃんですね! ちなみに歩きキノコって胴体に足っぽいキノコがついてますけど、あれって実は手なんですよね。前にトットコ……あ、まおの推しモンちゃんの名前なんですけど、そのトットコちゃんに聞いたから間違いないです! てことはつまり、歩きキノコちゃんって逆立ちして歩いてるってことで、さらに可愛くないですか⁉」

「えっ? えっ?」

目を白黒させるトモ様。

そんな彼女に呼応するように、トモ様配信のコメント欄にも動揺が。

《なんて？》
《急に饒舌《じょうぜつ》になってて草なんだが》
《この子、モンスターのことになると急に早口になるのなｗ》
《可愛い》
《ほんとすみません・・・》
《あずき：うちの魔王がご迷惑おかけしてます・・・》
ちょっと待って？
トモ様配信のコメント欄にあずき姉が出張してない？
「ええと……よくわからんが、とにかく一〇〇チャレクリアのために、あの歩きキノコを倒しちゃってくれ！　まおたん！」
「……っ！　わ、わかりました……っ！」
ハッと我に返るまお。
そうだ。
つい愛《め》で目線で見ちゃってたけど、モンスちゃんを一〇〇匹倒さないといけないんだった。
だけど、可愛い歩きキノコちゃんを痛めつけないといけないないなんてどんな拷問《ごうもん》だよ……。
《というか、本当にひとりで大丈夫なの？》

《歩きキノコって、確か毒の胞子吐くよな?》
《武器持ってないし、どうやって倒すの?》
《トモ様に手伝ってもらったほうがよくね?》
　トモファミの皆さんも心配してくれている様子。
「安心してください！　こういうときのために、いくつも戦闘スキルを持ってるんです！」
《いくつも?》
《どゆこと?》
《魔王様は一〇〇〇のスキルを持つ御方・・・》
《は?　嘘《うそ》だろ?》
《この切り抜きを見ればわかります↓URL（魔王様、ティアマットのヘルファイアにビンタする【切り抜き】）》
《(゜ロ゜)ポカーン》
《すげぇwwwww》
《普通、ユニークスキルってひとつだけだよな?》
《魔王様は普通じゃないんです》
《普通じゃない定期》
《さすまお》

《さすまお》
《これが噂《うわさ》のさすまおか・・・》
なんだろう。
魔王軍とトモファミの皆さんの一体感が凄い！
「え、ええっと……と、とにかくいきますね！　えいっ！　【キラキラ☆結晶】っ！」
気を取り直してスキル発動。
まおが指さした先の地面がきらきらと輝き、ずばばっと尖ったピンクの結晶が突き出てくる。
《う、うわあああああ⁉》
《初お披露目スキルきたあああああｗｗ》
《なんじゃそりゃｗ》
《何そのスキル名ｗｗｗｗ》
《もしかして、魔力を結晶化してるのか⁉》
「あ、よくわかりましたね！」
これもまおのユニークスキルのひとつ。
体内の魔力を結晶化させ、任意の場所に出現させるっていう効果があるんだよね。
ちなみに効果範囲はまおの周囲五メートルほど。
この【キラキラ☆結晶】なら、歩きキノコちゃんくらい一撃で仕留められるんだけど――。

《???》

《でも、当たってなくね?》

《当たってないというか、歩きキノコの足元にだけ結晶が出てないっていうか》

歩きキノコちゃんの周囲数メートルにわたって尖った結晶だらけになってるけど、当のキノコちゃんには傷ひとつついていない。

……だめっ。

まお、どうしてもモンスちゃんには手を出せないっ!

がくっとうなだれたまおに、トモ様が声をかけてくる。

「ま、まおたん? 大丈夫か?」

「キノリン」

「……え?」

「あの子の名前、キノリンにしました……」

まだ【以心☆伝心】は発動してないけど。

トモ様は困惑した顔で、結晶に挟まれて動けなくなってるキノリンとまおを交互に見る。

「ええっと……そ、そうか。いい名前だと思うぞ?」

「ですよね⁉ えへへ、ありがとうございますっ♪」

まおのネーミングセンスが理解できるなんて、さすがトモ様だねっ！
一瞬で元気が出ちゃった！
《草草草》
《切り替えはや》
《これにはまおたんもニッコリ》
《ｗｗｗｗ》
《しかし、一匹目から失敗か》
《幸先悪すぎて草》
《魔王様？　モンスター一〇〇匹倒すじゃなくて、友達一〇〇匹作るまで帰れませんのほうがいいんじゃないですかね？》
あ、それいいアイデアかも。
それなら心が痛くなることないし。
何より、簡単にクリアできそうだし！
「……だけど、だめっ！　心を強く持って、まお！」
ぴしゃりと自分の頬《ほほ》を叩く。
楽なほうになびいちゃだめだよ。
辛《つら》いからこそ、達成したときに得るものが大きくなるんだから。
こういうときこそ、初志貫徹《しょしかんてつ》！

トモ様に助言してもらった一〇〇チャレ、絶対クリアしてやるんだからっ！

――えと、とりあえずキノリンを愛でてからね♪

＊＊＊

一〇〇チャレをスタートさせて一〇分――。

高ランクのモンスちゃんを探すために希少アイテムを探していたんだけど、順調にまおたちの懐は温かくなっていた。

まおが腰に下げているポーチはパンパンに膨れ上がっている。

手に入れたアイテムは、回復アイテムの「キュアポーション」が一二個に、生産で使える「火の断片」一〇個、「氷の断片」八個、「膂力《りょりょく》の石」四個……。

さらに「マンドレイクの株」九個に「魔素結晶」一八個。

そしてダンジョン専用フリマサイト「ダンカリ」で数万円で売買されているレア素材「ダマスカス鉱石」と「バラモンの鉤爪《かぎづめ》」が二個ずつ。

かなりおいしい。

このアイテムは後でトモ様と山分けするんだけど、それでもかなりの儲けになってるよね。

まおは年齢の問題でダンカリは使えないけど、あずき姉にお願いして出品してもらお結構な事務手数料をあずき姉にとられちゃうだろうけど。

「まおたん、ちょっと聞きたいことがあるのだが」

「はい、何でしょう？」

うきうきでトモ様の顔を見る。

こんなふうにまおが上機嫌なのは、お小遣いが稼げたから——というわけじゃない。

や、臨時収入は嬉しいんだけど、それ以上に最高なことがあったんだよね。

「周囲にいるモンスターたちは、本当にいきなり襲ってきたりはしないのだろうか？」

「はい♪　大丈夫ですよ♪　みんないい子たちですから♪」

まおの周囲には、たくさんのモンスちゃん。

その数、総勢二〇匹ほど。

もちろん全員【以心☆伝心】でお友達になった推しモンちゃんたちだ。

いや、ね？

次こそは倒さなきゃって毎回思ってるんだけど、つい仲良くなっちゃうんだよね。

不可抗力っていうか、自然の摂理《せつり》っていうかさ。

もちろんその光景は、トモファミや魔王軍の皆さんも見ているわけで。

《確かにいい子たちですね》

《友達たくさんできてよかったよかった》

《実に幸せそうな魔王様ｗｗｗｗ》
《結局こうなるのな》
《知ってた》
《通常運転で草なんだが》
《う～ん、やっぱり友達一〇〇匹がよかったな》
《トモ様がドン引きしとるｗｗｗｗ》
いやいや、待ってよ。
トモ様が引いてるわけないじゃない。
「どうですトモ様？　まおの推しモンちゃんたち、可愛いでしょ？」
「……えっ？」
一瞬ぎょっとした顔を見せるトモ様。
だけど、まおのそばにいた黒い毛並みの狼モンス、ブラックバイツこと「ぽちたろう」を見て頬を緩めた。
「あ、う、うん……これは可愛い……かもしれない」
ほらぁ！
《エッ》
《(。ロ。)！》
《トモ様⁉》

《お気を確かに！》

《トモ様⁉　魔王様のスキルで骨抜きにされてますけど、全部B級以上の危険なモンスターですよ⁉》

今まおたちがいる下層に現れるモンスちゃんは、トカゲと人の間の子みたいな「バラモン」や、氷のヘビ「ホワイトスネイク」みたいなB級以上ばっかり。

ちなみに、トモ様がおっかなびっくりで頭を撫でてるぽちたろうもB級のモンスちゃん。

黒いもふもふの体はもとより、瞳が赤いのがチャームポイント。わんさぶろうと違って普通サイズだから、初心者さんにもおすすめかな？

というか、前々から思ってたけどスカベンジャーさんたちがランク付けしてる階級って、可愛さの階級なのかもしれない。

だってほら、まおの周りにいるB級モンスちゃんたち、全員ずば抜けて可愛いもん。

まおもトモ様に交ざって、ぽちたろうをナデナデ。

「しかし、少々困ったことになったな」

トモ様が推しモンちゃんたちを眺めながら、ふうとため息を漏らす。

「まおたんの一〇〇チャレが一向に進まない……」

「うぐっ」

痛いところを突かれ、ぽちたろうを撫でる手が止まってしまった。

友達はすんごく増えてきているけど、いまだ倒せたモンスちゃんはゼロ。
これはいわゆる企画倒れの危機というやつなのでは？
非常にマズイ。初コラボ企画なのに、それだけはあってはならない。
だけど、まおからモンスちゃんに攻撃するのはちょっと無理だしなぁ……。
なんていうかこう、凶暴になったモンスちゃんが自我を失って襲ってきてくれたらこちらとしてもありがたいんだけど――。
「……ん？」
なんて考えていると、ガチャリとなにかを踏んづけた。
瞬間、天井からドサドサッと大量のモンスちゃんたちが落ちてくる。
わ。これって――。
《あ》
《え》
《うわあああ！　モンスターフロアだあああ⁉》
《いやいや、ここに来て冗談だろｗｗｗ》
《一四号下層のモンスターフロアとかオワタｗ》
《ガチでやばいやつ！》
《魔王様、トモ様にげてえええええ！》
モンスターフロアというのは、階層全体がモンスターだらけになってしまうトラップめのことだ。
　不運にも遭遇してしまったスカベンジャーさんは、ほぼリセットを食らっちゃうため「スカベンジャー殺し」の異名を持つ凶悪トラップ――なんだけど。
「……きたああああああっ！」
　今のまおにとってはまさに天の恵み！
　モンスターフロアのいいところは、階層のどこかに出現した「モンスタースポナー」っていう巣を破壊しないかぎり、永久的にモンスちゃんがスポーンすることなんだよね。
　さらに、トラップで出てきたモンスちゃんは問答無用で周囲のスカベンジャーさんに襲いかかる暴走状態だし……。
　うん！　これこれ！
　これぞ正に、まおが求めていたものだよっ！
「くっくっく……いいぞ、これでようやく一〇〇チャレがクリアできるではないかっ！　わ〜っはっはっは!!」
《草》
《モンスターフロア踏み抜いて喜ぶスカベンジャー初めてみた》
《極悪な顔してますね》
《高笑いの魔王様》
《これぞ魔王の風格だな》

《かわいい》
《さすまお》
「……はっ⁉」
いかん。
つい本心が表に出てしまった。
まおはプリティキャラなのに。
「い、いや～ん、モンスターフロア……怖ぁい！」
ドローンちゃんに向かって、可愛いアピール！
てへぺろっ！
《イマサーラ》
《ｗｗｗ》
《取って付けたようなセリフｗｗｗ》
《棒読み乙》
《今更感パねぇんですがｗ》
《大草原》
そこ、うるさい！
「くそっ！　一四号の下層でモンスターフロアとは！　気をつけろまおたん！　湧いてくるのは最低でもＢ級だぞ！」

「ええ、そうですね！　実に弱そうなモンスちゃんがたくさんです！」
「ああ、そうだな……って、弱そう？」
《ｗｗｗｗ》
《反応が一八〇度違うのですが》
《さすまお》
《魔王様にとってS級もD級と同等・・・》
「と、とりあえず一〇〇チャレは一旦休止だ！　モンスタースポナーを探すぞ、まおたん！」
「はい、おっけーです！」
モンスターフロアを脱出する方法はふたつある。
ひとつめはモンスちゃんを放置して階層を抜けること。
モンスちゃんは階層をまたいで追いかけてくることはないので、階層を抜けさえすればトラップから逃れることができる。
そして、ふたつめはどこかのエリアに出現しているスポナーを破壊することだ。
永遠にモンスちゃんをスポーンさせるモンスタースポナーを壊せば、通常の階層に戻る。
だけど、大量の暴走モンスちゃんを処理しながら探さないといけないのが難点なんだよね。

かなり骨が折れる作業なので、さっさと逃げたくなっちゃうんだけど――大抵のスカベンジャーさんは泣きながらスポナー破壊を選択する。

だって、放置しちゃうと次にその階層を訪れたスカベンジャーさんが大迷惑を被《こうむ》ることになるし。

たまにツリッターで「モンスターフロアの罠踏んで逃げたアホのせいでパーティが全滅しました。犯人捜しています」なんて炎上してるの見かけるんだよね。

モンスちゃんにやられて能力リセットを食らうか、ブチギレたスカベンジャーさんに追い詰められて社会的にリセットを食らうか。

どちらにしても死は逃れられないのが、モンスターフロアの恐ろしいところなのだ。

まおたちが選択するのは、もちろんスポナー探し。

一〇〇チャレ中ってのもあるけど、ツリッターで炎上するわけにはいかない――じゃなくて、他のスカベンジャーさんたちに迷惑をかけるわけにはいかないもんね!!

「よし、いくぞっ！　モンスターに鉄拳制裁だッ！」

トモ様が身構える。

出たっ！

トモ様のお決まり文句！

うわぁあああ！　生で聞けるなんて最高すぎるぅううう！

《きたああああっ！》

《鉄・拳・制・裁！》

《トモ様に制裁されたい！》

コメントの魔王軍の皆さんも大盛り上がり。

トモ様はそのクール&ビューティな見た目とは裏腹に、拳ひとつでダンジョンに潜る肉体派スカベンジャーだ。

まおが調べた情報によると、学校ではバスケ部の主将を務めるくらい運動神経がいいんだって。

スカベンジャーをはじめた理由も「一対一のオフェンス力を鍛えるため」だとか。

くぅ～！　クールな見た目で運動神経バツグンとか、イケメンすぎるっ！

「動きが遅いぞモンスターどもっ！」

襲いかかってくるモンスちゃんたちを、次々と拳で沈めていくトモ様。

「その程度のディフェンスで、私を止められると思うなっ！」

「キャ～ッ！　かっこいいっ！　トモ様～～‼」

つい「トモ様がんば☆」とか「こっち見て」なんて書いてるウチワを探しちゃう。

まおのスキル【あたし好みにな～れ】で作っちゃおうかしら。

「はぁあああっ！　私の拳を食らえっ！」

「ぶもぉおっ！」

「ぴぎぃいぃ……っ！」

トモ様の周囲に、次々とモンスちゃんの屍《しかばね》の山が築かれていく。

Ｂ級モンスちゃんをものともしないのは凄い。

――だけど、流石に数が多いのか、少しだけ息があがってきてるみたい。

「ふぅ、流石にこの数だと辛いものがあるな……しかたない、まおたん！　推しモンちゃんたちに応援を頼めないだろうか⁉」

「え⁉　まおの推しモンちゃんたちに⁉」

「ああ、モンスター討伐に同族である彼らの力を借りるのは少々心苦しいが、多勢に無勢だ！　全員の力を合わせて切り抜ける‼　応援を頼む！」

「わ、わかりました！」

まおの推しモンちゃんたちが力になれるかわからないけど、推しが求めるならしっかり応えてあげるのがファンというもの！

すでにまおの周囲にはたくさんの推しモンちゃんたちがいるけれど、【この指と～まれ♪】で追加招集をかける。

「……よし！　みんな行くよ！」

みんなが集まったところで指を掲げ、音頭をとる。

「それピッピ！　ピッピ！　がんばれトモ様！　がんばれトモ様！」

「がおがお♪」

「きゅ～ん♪」

「わふわふ♪」
「きーっ！　きーっ！」
「ごぶ♪　ごぶ♪」
「その応援ではないっ！！！！！」
《クソワロｗｗ》
《ｗｗｗｗｗｗｗｗ》
《なにこの漫才》
《夫婦漫才かよｗ》
《なんだかそうなる予感はしてた》
《モンスターが応援しとるｗｗｗｗｗ》
《登場人物全員可愛いか》
あれ？　違うの？
《あずき：……きこえますか、まお……今、あなたの心に直接呼びかけています……協力です……エールを送るのではなく、戦いに参加するのです……》
「……あ、そういうことか」
も～、最初から言ってよ～。
今度こそ推しモンちゃんたちにお願いして、戦いに協力してもらう。
すぐさま、そこかしこでモンスちゃん同士の喧嘩《けんか》がはじまって、乱戦の様相を呈し始

めた。

その混乱に乗じて、まおとトモ様はスポナー探しを続行。

どこのエリアに出現しているかわからないから、手当たり次第に探さないとだからね。

そうして、みっつほどエリアを確認して回ったとき。

「あ、見てくださいトモ様！　あそこにスポナーが！」

小部屋の中に、青く光る四角い箱があった。

ようやくモンスタースポナーを発見した――んだけど。

「な、なんだこれは」

「やけにモンスちゃんが多いですね……」

まるでスポナーを守るように、大量のモンスちゃんたちがひしめいている。

いや、守っているというよりスポナーを押しつぶしかねないくらい、狭い空間に押し合いへし合いぎゅうぎゅうに詰まってる。

え～と……なんでこんなことに？

「……くそ。このままだとスポナーに近づけないな」

凄《すさ》まじい数のモンスちゃんに、トモ様は身の危険を感じた様子。

「仕方ない。ここは他のスカベンジャーがやってくるのを待って協力してもらって――」

「あ、大丈夫ですよ、トモ様。このくらいなら、まおがちゃちゃちゃっとやっちゃいますから」

「………えっ？」

ぽかんとするトモ様。

《え？》

《は？》

《ちゃちゃっと？》

《ちゃちゃっとキター！ｗｗｗ》

《切り抜き班⁉　用意はいいか⁉》

《今度は何スキルが出るんだ⁉　＼(^o^)／》

《おら、ワクワクしてきたぞｗｗ》

《だけど、何なんだこのモンスターの量はｗｗ》

《ちょっとやばすぎるな》

うん、それだよね。

こんなモンスターフロアは初めて見るけど——なかなかに可愛い子がたくさんいてやばい。

鬼みたいな見た目の筋肉マッチョな「バスターオーガ」に、つぶらで大きな目に体が生えたようなキモ可愛い「イビルアイ」。

さらに岩の肌を持ったトカゲ「ロックリザード」に惚《ほ》れ惚《ぼ》れとする見事な骨格をして

いる骸骨《がいこつ》剣士の「ボーンソードマン」……。

どれも可愛さB級以上のモンスちゃんたちばかり。

そんな大勢のモンスちゃんたちは、我先にとまおに襲いかかろうとしてるみたいけれど、ぎゅうぎゅう詰めになっているのでうまく動けないみたい。

う〜ん、ちょっと可哀想。

「ほ、本当に大丈夫なのか？　まおたん？」

背後からトモ様の声。

まおは笑顔で応える。

「はい、問題ありません！　ちゃちゃっとモンスちゃんをどかして、スポナーまでの道を作っちゃいますね！」

「……え⁉　モンスターをどかす⁉　どうやって⁉」

「こういうときに使えるのが、通路に立ちふさがるモンスちゃんを押しのける『ノックバック』というテクニックなんですけど、トモ様も知ってますよね？」

「ノックバック？　もちろん知っているが……まおたんは『バッシュ』のスキルを持っているのか？」

《ノックバックって、盾で相手をふっとばす「バッシュ」スキル持ちができるテクニックだよね？》

《魔王様、バッシュスキルも持ってるの？》

《どんだけスキル持ってんだｗｗｗ》
《まぁ、魔王様って一〇〇〇のスキルを持つＪＫだし・・・》
「ん？　持ってないですけど？」
てか、バッシュ？　なにそれ？
なんだか外国のパンの名前みたいでおいしそう。
「よくわからないけど問題ありません！　コツさえつかめばノックバックは簡単なので！　こうやって、少しだけ助走をつけて……はい、走る！」
ばびゅん！
思いっきりモンスちゃんに体当たり。
襲いかかってきたバスターオーガちゃんが吹っ飛んでいった。
《ファ————ッ⁉》
《ゆうに魔王様の倍くらいありそうな相手が吹っ飛んでったんだがｗｗｗｗ》
《／(^o^)＼》
《たまげたなあ》
バスターオーガちゃんはピンボールの玉みたいに、天井や壁にぶちあたりながら数体のモンスちゃんを巻き込みつつ部屋の奥へと消えていく。
よし、ノックバック成功！
「どうです？　こんなふうにノックバックというテクニックを使えば、危険なモンスターフロアも安全にクリアできます！　みなさんも是非使ってみてください！」
《無理》
《無理ｗｗ》
《できるか定期》
《そんなことできるスカベンジャーいないよ》
《草草草》
いやいや、できますって！
騙《だま》されたと思ってチャレンジしてみてよ！
そんな感じで、二、三回ほどノックバックでモンスちゃんを吹っ飛ばしたところで、ようやくスポナーが見えてきた。
「あ！　トモ様！　スポナーまでの道ができましたよ！」
「……えっ？」
振り向いたまおの目に映ったのは、部屋の入り口で固まっているトモ様。
「あれ？　トモ様？」
「……う、うむ！　そうだな！　だがこのまま、まおたんがスポナーも破壊しちゃうというのはどうだろう⁉」
「え？　まおが？」
「だって、ほら、まおたんは一〇〇チャレの最中だし……その、無関係の私が手を出すのも少し違うかなと……」

「そうですね！　わかりました！」

撮れ高、重要ですもんね！

ドン引きしてるような雰囲気だけど、気のせいだよね！

「よし、それじゃあ行ってきます！【私ってば無敵すぎる】！」

気合を入れ直してスキル発動。

スキルなしで突っ込んでも問題なさそうだけど、一応ね。

「いくぞぇ！　おりゃあああああああっ！」

ノックバックの要領で助走をつけて一気にスポナーまで駆け抜ける。

モンスちゃんたちが飛びかかってきたけど、愛でたい欲望を鋼の精神でグッと抑えて無視する。

立ちふさがってくるモンスちゃんをふっとばし、肩を掴まれてたら払い除《の》け、抱きつかれたらぶん投げる。

そうしてたどり着いたモンスタースポナーなんだけど……。

「むむっ」

異変に気づき、思わず足を止めてしまった。

瞬間、まおを追いかけてきたモンスちゃんたちが覆いかぶさってくる。

あ、ちょっと考え事してるからごめんね。

両手を振り上げ、彼らを吹っ飛ばす。
「ふんっ！」
《ｗｗｗ》
《もう驚かねぇ！》
《あのさぁ・・・》
《モンスターの群れがゴミみたいに宙を舞っとるｗｗｗ》
《あ、こういうの、アニメでみたことある》
《おれも》
コメ欄が騒いでるけどそれどころじゃない。
なにせ、目の前のスポナーから、絶え間なくモンスちゃんがポンポン出てきているのだ。
スポナーはモンスちゃんを発生させる巣なんだけど、流石にこんなに出てこないよね。
こんなスポナー、見たことない。
……ていうか、ちょっとすごくない？
こんな数のモンスちゃんがウミガメの卵みたいに無限に出てくるなんて――最高すぎなんですけど。
これ、お家に持って帰れないかな？
わくてか。

「まおたん！　大丈夫か⁉」
「……はっ」
トモ様の声に、我に返る。
「大量のモンスターが吹っ飛んだのが見えたのだが、何かあったのか⁉」
「だだ、大丈夫です！　スポナーを持って帰ろうとか思ってないですから！」
「そうかスポナーを持って帰………え？」
《は？》
《持って帰る？》
《なるほど。世界征服のためにモンスタースポナーを使おうってわけですね》
《かしこい》
《さすまお》
だ、だから思ってないってば！
「ちゃ、ちゃんと今から壊すんで見ててくださいね！　えい！　爆発しちゃえ！　【どんがどん☆】！」
スポナーをじっと見つめてスキル発動。
瞬間、巨大な爆発の連鎖が起きる。
その爆発の渦に、スポナーだけじゃなく周囲のモンスちゃんたちも飲み込まれていく。
《なんか大爆発したんだがｗｗｗ》

《いやいやいやいや》
《なんぞこれなんぞこれ》
《おれたちはなにをみているんだ・・・》
《モンスターごとスポナーを吹き飛ばしてて草》
《(゜ロ゜)》
《なんつースキルだよwwwwww》
　この【どどんがどん☆】もまおのユニークスキルのひとつで、意識を集中させた場所に連続爆発を起こすっていう能力なんだよね。
　でも、距離が離れすぎちゃうと威力が減衰しちゃうから、中距離用かな？
　なかなかに使えるスキルなんだけど、一番の難点は——ちょっとだけ気持ちよくなっちゃうこと。
　簡単に言えば、バイブスがぶち上がる。
「それ【どどんがどん☆】！　そ～れ【どどんがどん☆】！　あっはっは！」
《まだまだおわりじゃないどん☆》
《みなごろしだどん☆》
《あっはっは》
《かわいい》
《魔王様ご乱心w》

《おやめください魔王様！　ダンジョンが壊れます！》

「あっはっは！　それそれ～」

ズドン。ドカン。バキン。

ダンジョンの壁はえぐれ、地面に大きな穴が開く。

スポナーがあった部屋は、猛烈な爆風と砂塵《さじん》の中に沈んでいく。

砂煙のせいで視界が悪くなり、【どどんがどん☆】が発動しなくなった。

ううむ……もうすこし爆発させたかったんだけど、残念。

煙が晴れ、現れたのはまっさら綺麗になった部屋。

やった！　スポナーは破壊できたみたい！

「どうですかトモ様⁉　スポナー破壊しましたよ！」

「……」

振り向いたまおの目に映る、唖然とした表情のトモ様。

しばしして、彼女はハッと我に返る。

「……あ、うん、そうだな！　スポナーだけじゃなく、恐ろしいB級モンスターたちも倒せたな！　凄いぞまおたん！」

「あっ」

そこで気づくまお。

部屋の中は綺麗になったけど、いたるところにモンスちゃんの素材が転がっている。

「……」
しばし沈黙。熟考。
えーっと……これって、直湧きのルートアイテム……じゃないよね？
……………。
やっちまった。
興奮するあまり、すごい数のモンスちゃんたち、全員吹っ飛ばしちゃった。
「ご、ごご、ごめんねモンスちゃん！　ちがうの！　そういうつもりじゃなかったの！これは事故！　そう、事故なんだよ！　爆発させるのが気持ちよくなって、つい手が滑ったっていうか……！」
誰もいない部屋で平謝り。
あの世に旅立ってしまった可愛いモンスちゃんたち……ごめんなさいっ！
《事故（手が滑った）》
《そのわりに楽しそうに高笑いしてたけどなw》
《気持ちよくなって皆殺しか・・・》
《サイコパスかな？》
《でも、これで軽く討伐数一〇〇匹超えたのでは？》
《確かに》

《おめ！》
《魔王様一〇〇チャレクリアおめでとう！》
地面に落ちている素材は、軽く一〇〇を超えてる気がする。
てことは、モンスター一〇〇匹倒すまで帰れませんの企画、クリア？
や、やったぁ……！
「ええっと、く、苦戦するかなと思ったけど……一〇〇チャレ達成できました！　みなさん、ありがとうございます……っ！」
《おめでとう！》
《てか、はやすぎない？》
《時間計測してたけど、二五分二〇秒。これって一〇〇チャレ最速記録なのでは？》
《大草原》
《はやすぎて草》
《トモ様でも二時間くらいかかったよな？》
《すげぇｗｗｗ》
《さすまお！》
《ダンジョン配信者の歴史にまた輝かしい記録を残した魔王様・・・》
《切り抜きできたぞ↓ＵＲＬ　（一〇〇チャレ日本新記録達成／二五分二〇秒　スキル【どどんがどん☆】で一〇〇匹瞬殺だどん☆）》

《wwww》

《こっちもはやすぎだろw》

ちょっとやめて⁉

切り抜き班、仕事速すぎだから！

もっと違うところにその才能を生かして⁉

「……しかし、すごいな」

隣から声がした。

トモ様だ。

「あれほどの数のモンスターを一瞬で討伐できるとは。さっきの爆発は、まおたんのスキルなのか？」

「え？　あ、はい。ユニークスキルのひとつです」

「初めて見るスキルだが、遠隔系の攻撃スキルだな」

「えんかくけい……落語家？」

「違う」

トモ様が言うには、攻撃系スキルには大きく分けて近接系と遠隔系のものがあるという。

さっきトモ様や魔王軍のみんなが言ってた「バッシュ」っていうスキルは近接系で、まおの【どどんがどん☆】は遠隔系。

なるほど。てことは、【キラキラ☆結晶】も遠隔系だね。

「その前にも防御系のスキルを使っていたし、これほどの数のスキルを持っているスカベンジャーははじめて会う。BASTERDにもいないし、これはきっと――」

「……ああっ⁉」

と、トモ様の声を遮《さえぎ》るように素《す》っ頓狂《とんきょう》な男の人の声がした。

誰だ一体⁉　ありがたいトモ様の解説を邪魔する不届き者め！

――と恨めしい目で振り向いたら、知らない男の人が部屋の入り口に立っていた。

「な、なんということだ……一体誰ですかっ⁉　私の特製モンスタースポナーを破壊したのはっ⁉」

わざとらしく身を震わせる男性。

ぱっと見は中性的というか、綺麗な顔立ちをしてるスカベンジャーさんだ。

黒髪に黒い服。

腰に剣を下げているし、近接戦闘を得意としているんだろうな。

だけど、ちょっとだけ冷たい感じの雰囲気がする。

いや、冷酷そうっていうか、悪い言い方をすれば何をしでかすかわからない危険な雰囲気っていうか――。

《うげ》

《マジかよ》

《やばいやつキタ！》
コメ欄がざわめきだす。
《最悪すぎるんだが》
《めんどくせえやつきた！》
《うわっ！　あいつモンスター愛護会の木下じゃん！》
「ええっ⁉　き、木下《きのした》……さん⁉」
思わずまおもびっくりしちゃった。
だって、あの木下さんでしょ⁉
あの有名なきの……き……き……ええと、ごめん。
木下さんって、誰？

＊＊＊

どうやらすんごい有名人らしい木下さんが、ゆっくりとこちらに歩いてくる。

ぽかんとするまおとは裏腹に、トモ様はすんごく険しい顔。

「お前は木下……っ⁉」

「おやぁ？　そこにいらっしゃるのは神原《かんばら》さんじゃありませんかぁ」

不敵《ふてき》な笑みを浮かべる木下さん。

「ん〜、お会いするのは一週間ぶりくらいですかね？　しかし、まさか人気配信者のあなたにまたお会いできるなんて、光栄ですねぇ？」

「こっちは二度とそのツラを拝みたくなかったんだがな」

トモ様が吐き捨てるように言う。

仲がいいという感じじゃないけど、なんだか顔見知りっぽい。

ただならぬ因縁を感じるけど……。

……というか、ちょっと待って？

もしかしてこの場で木下さんを知らないの、まおだけ？

蚊帳《かや》の外《そと》感がハンパないし、ちょっとスマホで検索かけたほうがいいかな？

「木下……お前、ここで何をしている？」

「もちろん保護活動ですよ」

「保護活動？　破壊活動の間違いだろう？」

「ひどい言いがかりですね。僕はただ動物愛護の精神を体現《たいげん》しているだけなのに」

「ふん。ものは言いようだな」

「というか、あなたたちスカベンジャーこそ、地球の生態系を破壊しているテロリストじゃありませんか。その自覚、ありますよね？」

周囲の空気がピンと張り詰める。

な、なんだなんだ？

破壊活動とかテロリストとか、難しそうな話がはじまったけど。

木下さんは、まるで街頭演説をするように身振り手振りを付け加えながら続ける。

「ダンジョンにすむ動物たちも動愛法によって保護されています。なのにあなたたちスカベンジャーはモンスターを殺し、堂々と違法行為を行っている。だから僕たちはそれを止めるために活動しているんですよ」

「詭弁《きべん》だな。お前は過激な活動で世間に迷惑をかけ、それをダンTVで配信して小銭稼ぎをしているだけだ」

「混乱を起こさないと世間は本当のことに気づいてくれませんからね。そのためなら僕たち『モンスター愛護会』は、甘んじて悪役になりますよ」

「……モンスター愛護会？」

その名前、まおも耳にしたことがある。

確か「動物愛護管理法によって守られているダンジョンのモンスターを殺す違法行為は即刻やめるべきだ」と訴えている人たち……だっけ？

簡単にいえば動物愛護団体みたいなもの。

だけど、やっていることが過激すぎるから、世間から白い目で見られているんだよね。

ダンジョンに入ってスカベンジャーさんを襲うなんて当たり前。

ダンジョンに危険な罠《わな》をしかけてスカベンジャーさんをリセット送りにしたり、中に入られないようにダンジョンの破壊活動をしているなんて噂もある。

さらにその模様をダンTVで配信してお金をもらってるから、「金のために迷惑行為をやってる迷惑系配信者」とバッシングされちゃってるみたい。

彼らはあえて混乱を起こしているなんて主張してるけど、それで多くのモンスちゃんたちも命を落としているわけだし本末転倒《ほんまつてんとう》すぎるんだよね。

実に胡散臭《うさんくさ》いというか。

できれば関わりたくない人たちの代表だ。

「あ、あの……そのモンスター愛護会の方が、何か御用でしょうか？」

おそるおそる、木下さんに尋ねた。

彼はさも当然といった雰囲気で答える。

「特製のモンスタースポナーを使って、このダンジョンにいるスカベンジャーをリセットさせようと考えていたんですが……どうやら破壊されたみたいですね。もしかしてあなたがやったんですか？」

「はい。罠を踏んでしまったので、まおが壊しましたけど……」

「まお？」

一瞬、キョトンとした顔をした木下さん。

すぐに満面の笑みを浮かべる。

「そうですか、そうですか。あなたが最近噂になってる『魔王様』ですか……え？何？　神原とコラボしている？　同接一〇万人？　へぇ、すごいじゃないですか」

ブウンと木下さんのそばにドローンちゃんがやってくる。

どうやら木下さんも配信しているみたい。

そのコメントを拾ったんだろう。

「せっかくなので、魔王様のリスナーさんたちに自己紹介させてもらいましょうかね。私の名前は木下ケンジ。ダンジョンのモンスターたちを保護して回っているモンスター愛護会のリーダーを務めている正義の味方……簡単にいえば『勇者』ってところですね」

「……ゆっ、ゆゆ、勇者ぁ⁉」

思わず素っ頓狂な声が出ちゃった。

だって、自分が勇者とか——死ぬほど恥ずかしいこと言ってませんか⁉

いやいや、いい大人が真顔で何言っちゃってるんだろう……。

夜、ベッドの上で思い出したら悶絶《もんぜつ》しちゃうセリフですよ、それ。

あ、もしかして、酔っ払ってるのかな？

「ふふ、どうやら感激して声も出ないみたいですね」

得意げにドヤ顔をする木下さ……いや、酔っぱらい木下さん。

う〜ん、どうしよう。

できればこれ以上関わりたくないんだけど、すんごいドヤ顔でまおの返答を待ってるみたいだし、何か答えてあげたほうがいいのかな……？

「な、なるほど、木下さんは勇者さんなんですね！」

感激した雰囲気を出すために、驚いた顔を作ってぱちんと手を叩く。

「じっ、実に胡散臭い……あ、いや、ごめんなさい間違えました。いい年して頭の中がお花畑な方なんですねっ！　羨《うらや》ましい！」

「……っ⁉」

《ｗｗｗｗ》

《訂正できてない》

《謝った後にさらにけなす高等技術》

《よく言った魔王様ｗｗｗ》

《木下の顔ｗｗ》

ふぅ、危ない。

つい口が滑りそうになっちゃった。

《こいつマジ嫌いなんだよな》

《よく知らんのだけど、この木下ってやつ、やばいの？》

《動物愛護とか偉そうに言ってるけど、配信しながらスカベンジャーにモンスターけしかけたりダンジョン破壊したりしてるただの迷惑系配信者だよ》

《確か西麻布六号が立ち入り禁止になってるのも、モンスター愛護会の破壊活動のせいだよな？》

《え？　マジで？》

「……西麻布ダンジョン？」

そういえば、西麻布六号ダンジョンって立ち入り禁止になってたっけ。

え？　あれってこの厨二病《ちゆうに》木下さんのせいだったの？

ニュースでは崩落事故っていってたけど、作為的に壊されてたんだ。

破壊されたってことは、多くのモンスちゃんたちも犠牲になってるはずだよね。

……こいつ、ゆるせんな。

モンスターけしかけたりしてスカベンジャーさんたちにも迷惑かけまくってるみたいだし、なんだか腹が立ってきたぞ。

「はぁ……」

わざとらしいため息を添えて、厨二クソ木下が続ける。

「僕の活動を胡散臭いなんて、あなたは何も理解していないんですねぇ？」

「いいえ、理解してますよ」

速攻で返す。

「モンスちゃんの保護活動は理解できます。だってまおもモンスちゃん好きですし。だけど、あなたがやってることは、ただの破壊活動ですよね？　あなたの活動でモンスちゃんが犠牲になってるってわかってます？　それに、自分のことを勇者だなんて恥ずかしくないんですか？　ひどい厨二病こじらせてるっていうか……あ、もしかして、お酒で酔ってます？　それとも自分に酔ってる？」

「ま、まおたん⁉」
「……っ⁉」
ギョッとするトモ様とクソ木下。
《上手いこと言うなｗｗｗ》
《魔王様フルコンボで草》
《ｗｗｗｗｗ》
《いいぞもっとやれｗ》
《魔王様やめて！　木下のＨＰはもうゼロよ！》
《木下、手がプルプルしてるｗｗｗｗ》
「……こ、この、クソ生意気なガキが」
ギロリとこちらを睨《にら》んでくる厨二木下。
なんだか雰囲気と口調が変わっちゃった。
「こっちが下手にでてりゃあ、つけあがりやがって……っ！　俺はお前みたいなしょんべんクセェガキが一番キライなんだよっ！　乳もねぇまな板お子様が、いきがってんじゃねぇっ！」
「んなあああっ⁉」
ああっ！　こいつ！
まおの禁忌《きんき》に触れやがった！

ガキって呼ぶだけじゃなく、まな板って言った!!!!

まおのお尻もおっぱいも――発展途上なんだからっ！

「流石の俺もブチ切れちまったぜ。大人をこけにしたらどうなるか、たっぷり教えてやるよっ！」

「……っ！　まおたん、下がって！」

「ト、トモ様⁉」

トモ様がまおを守るように前に出る。

ド低脳ビチグソ木下のせいでブチ切れそうになっちゃったけど、思わずトゥンクしちゃった。

ほんとトモ様って、イケメン。

「まおたんに手を出すつもりなら本気で潰《つぶ》させてもらうぞ、木下」

「ふん。てめぇがいようと関係ねぇよ。本当はスポナーを使ってモンスターにやってもらうつもりだったが、俺が直々にお前らをリセットさせてやる」

うんこたれ木下が、腰に下げていた剣を抜く。

青白い光を放ってる、いかにもレアリティが高そうな剣だ。

どんなスキルを持ってるのかは知らないけど、相当な手練《てだ》れなのかもしれない。

だって、トモ様を前にしても全然気圧されてないみたいだし。

……むむ？　もしかしてまおたち、結構、苦戦しちゃうかも？

「さぁ、勇者ケンジの魔王退治といきましょうかねぇ！」

またしても寒いセリフをぼやきながら、キングオブクソのド畜生厨二うんこたれ鼻くそ木下がこちらに向かって走りだした。

「まおたん、ここは私に任せてくれ！」

それを見て、トモ様が身構える。

「あの男とは以前に拳を交えたことがあるのだ！　時間が経てば経つほど厄介《やっかい》になる相手……私が速攻《ファストブレイク》で倒してまおたんを守る！」

「ト、トモ様……っ！」

《か、かっけぇ・・・》

《トゥンク・・・》

《さすがトモ様だわ》

《これは惚れる》

か、かっこいい。

よし決めた！

今度のバレンタイン、トモ様に手作りチョコあげようっと！

「いくぞ、木下！」

トモ様は左右にフェイントを入れながら、木下の懐に飛び込んだ。

「【鉄拳制裁】！」

《きたあああっ！》

《鉄・拳・制・裁》

《世紀末覇者トモ様！》

スキルを発動させた瞬間、トモ様の拳が赤く燃え上がる。

能力は確か、相手の防御力の七割くらいをカットする……だったっけ？

このスキルで青山一〇号ダンジョンのボスを完封してたんだよね！

木下もそれを知っていたのか、後ろに飛び退《の》き距離を取ろうとする。

だけど――。

「甘いぞ、木下っ！」

トモ様は逃がさない。

華麗なフットワークですぐさま距離を縮める。

軽やかな身のこなし。

流石はバスケットボールで鍛えた脚力だ。

一発目はかわされてしまったけど、二発目が見事腹部に命中した。

「……ぐっ」

木下の顔が苦悶《くもん》の表情に歪む。

すかさずトモ様が続けざまに拳を叩き込もうとしたけど、ギリギリのところでかわされ距離を取られてしまった。

くうっ、惜しいっ!!

「くそっ。相変わらず速えな……」

頬を引きつらせる木下。

トモ様は、そんな木下に悠然と近づいていく。

「六号ダンジョンの破壊に一四号でのスポナーを使ったスカベンジャー妨害……流石に看過《かんか》できないぞ、木下。先日しっかりリセットさせておくべきだった。これは私の落ち度だ」

「そりゃあこっちのセリフだよ。毎度毎度、邪魔ばっかりしやがって。この前会ったときに俺のスキルで引導《いんどう》を渡しとくべきだったぜ。……まぁ、三度目はないけどな？」

にやり、と木下がいびつな笑みを浮かべる。

「お前、モンスター愛護会の活動はテロ行為だとか抜かしてたよな？　俺とお前、どっちが本当のテロリストなのか、しっかり【ジャッジメント】してもらおうか！」

「……っ!?　くそっ！」

トモ様が慌てて走りだす。

そして拳を木下の顔面に叩き込もうとしたけれど――透明な壁のようなものに阻《はば》まれてしまった。

何が起きたんだろう？

トモ様の攻撃がスキルみたいなので防がれちゃったみたいだけど、もしかして木下が何かスキルを使った？

「……ん？」

と、木下の肩に何かが乗っているのに気づく。

あれって……黒猫の人形？

大きさは手のひらサイズ。

クレヨンでらくがきみたいな顔が書かれている。

子供が作った人形って感じがするけど……。

『ジャッジメントですわよ～』

ぴろろ～んと気の抜けた電子音とともに、これまた気の抜けたような女性の声が響いた。

ぴょこぴょこ動いてるし、木下の肩にいる猫ちゃんの声なのかな？

ちょっと可愛い。

そんな黒猫ちゃんが、身振り手振りを添えながら続ける。

『判決～。有罪は神原トモ～。無作為にモンスターを殺《あや》めるスカベンジャーこそテロリスト～』

「へ？」

判決？　どういうこと？

「はっはっは！　残念だったな神原！　世間一般的にテロリストはお前らスカベンジ

ヤーなんだとよ⁉」

「……ちっ」

慌てて距離を取ろうとするトモ様。

だが、木下がその腕を掴む。

すぐさまその手を振り払おうとするトモ様だったけど、簡単に捻り上げられてしまった。

「……くっ」

「あらら？　俺ごときに力負けしちゃうなんて、オハコの馬鹿力はどこにいっちまったんだぁ？」

「き、貴様っ……！」

「あっはっは！　いい顔するじゃねぇか！　よく覚えとけよ神原！　大人の世界ではなぁ……正義が最後に勝つんだよ！」

「……っ⁉」

木下がトモ様の腹部に膝蹴《げ》りを放つ。

さっきまでのトモ様だったら余裕でかわせたはずだけど、なぜかその蹴りをまともに受けてしまった。

「ト、ト、トモ様⁉」

軽々と吹き飛ばされてしまったトモ様が、まおの足元に倒れ込む。

「だだ、大丈夫ですか⁉」

「すっ、すまない、まおたん。醜態《しゅうたい》をさらしてしまった……」

すぐさま起き上がるトモ様。

怪我はないみたい。

だけど、一体何が起きたんだろう？

《おいおい、トモ様が木下に力負けするなんて、冗談だろ？》

《木下のユニークスキルじゃね？　しらんけど》

《解説して～詳しい人～？》

魔王軍の皆さんも動揺してる。

いきなりトモ様が力負けしちゃうし、華麗な身のこなしもなくなっちゃったし、おかしすぎるよね？

「あ、あの、トモ様？　これって何が起きてるんですか？」

「あの男のユニークスキル【ジャッジメント】の効果だ」

「【ジャッジメント】？」

「ああ。あの男の肩に乗っている猫……『判事くん』に善悪をジャッジしてもらうスキルだ」

トモ様が言うには、木下が口にした事象をあの黒猫の判事くんが公平に裁判し、判決を下すらしい。

そして、有罪になってしまった側は一時的に能力が半分になっちゃうんだとか。
つまり、さっきの事象でいうと、あの黒猫ちゃんに木下とトモ様のどっちがテロリストなのかを裁判し、トモ様が敗訴してしまった。
だからトモ様の力が制限されちゃった……ってこと？
《ｗｗｗｗ》
《なんぞそれ》
《やべぇスキル持ってんだな木下ってｗ》
《あ～、なるほど。あいつ、やけにランカーに喧嘩売って勝ちまくってんなって思ってたけど、そういうカラクリだったんか》
「……ちょ、ちょっと待ってくださいよ⁉　つまり、自分のスキルで呼び出した黒猫ちゃんに裁判してもらうってこと⁉　それ、完全なヤラセじゃないですか！」
木下は「一般常識」とか言ってたけど、絶対木下に有利な判決出してるよね？
真っ黒もいいところだよ⁉
……あ、だから黒猫なの？
把握！
《まぁ、そういうことだよねｗ》
《木下に不利な判決は出ねぇよな》
《不正の温床ｗｗｗｗ》

「判決は公平に行われている……と言っているが、信じられたものじゃない。故に、あいつに善悪の判断を委《ゆだ》ねるような真似をしてはいけないんだ」

な、なるほど。

だから速攻で勝負を決めないといけないって言ってたのか。

なんちゅうスキルを持ってるんだあいつ。

大義名分を掲げて迷惑行為をしてるウンコ木下にピッタリすぎる。

「……さぁて」

木下がまおを見ながらニヤリとキモい笑みを浮かべる。

「神原を公平にジャッジしたところで……お次はメインディッシュの魔王狩りといきましょうかねぇ？」

「……っ⁉」

《やばい》

《逃げて魔王様！》

《流石に能力半分は魔王様でもヤバいって‼》

《やばすぎて草》

騒ぎだすコメント欄。

だけど、まおは一歩も動けなかった。

正直なところ今すぐ逃げたいけど、トモ様を置いていけるわけがない。

勝ち誇ったようにニヤける木下が口を開いた。

「お前、正しい行いをしてる俺のことを『胡散臭い』とか『厨二病をこじらせてる』とか誹謗中傷《ひぼうちゅうしょう》しまくってたよなぁ？　しっかり【ジャッジメント】してもらおうじゃねえか」

「……っ⁉」

ま、まま、まずい。

このままだと、まおの能力も半分にされちゃう⁉

『ジャッジメントですわよ～』

木下の肩に乗る黒猫ちゃんが、くるくると踊りだす。

『判決～。有罪は有栖川まお～。胡散臭い、厨二病は完全に誹謗中傷～』

ひゃあああああっ⁉

さ、裁判に負けちゃった⁉

《うわああああああ‼》

《やばいやばい》

《魔王様の能力が半分になっちまった・・・》

《これは緊急事態です》

「だが、コレで終わりじゃないぜ⁉　モンスターフロアのモンスターを皆殺しにした有栖川まおはテロリスト……いや、正真正銘の魔王じゃないのかぁ⁉」

う、嘘でしょ。連続で裁判しちゃうの⁉

『ジャッジメントですわよ～』

黒猫がのんびりと判決を言い渡す。

『判決～。有罪は有栖川まお～。モンスターを皆殺しにした有栖川まおは、完全に魔王～。魔王は死刑なり～』

《うぎゃあああああ》

《ちょま、半分の半分⁉》

《いやああああああっ⁉》

「あっはっは！　これで最弱ステータスになっちまったなぁ⁉　腕力はガキレベルかぁ⁉」

高笑いする木下がゆっくりとまおに近づいてくる。

「念には念をってやつだぜ。大人に生意気な口を利いたバツ……しっかり受けてもらわねぇとなぁ⁉」

「ま、まおたん！」

「邪魔くせぇ！　お前は後だ！　神原トモ！」

木下がトモ様を押しのけ、まおに襲いかかってくる。

待って待って待って！

どど、どうしよう⁉
ここはスキルを使って攻撃を受け止めて——。
いやいや、腕力が超絶低くなってるだろうから、無理だよね⁉
助けて推しモンちゃん‼
なんて考えていると、木下が剣を振り上げた。
木下の剣がチリチリと燃えはじめ、またたく間に切っ先まで激しい炎に包まれる。
「必殺奥義《おうぎ》ッ……剣技・【鬼哭啾々《きこくしゅうしゅう》】ッ！」
木下が叫ぶ。
な、なにこれ⁉
もしかして……うんち木下のもうひとつのユニークスキル⁉
《ファッ⁉》
《マジかよ！》
《ふたつめのユニークスキルじゃねぇか！》
《木下のやつ、こんなん持ってたんかよｗｗｗ》
《ずりぃｗｗｗ》
そ、そうだよ！　ふたつめのスキルなんて、ライン超えだよ！
完全にルール違反っ！
たくさんスキル持ってるまおが言うなって話だけど！

「おらああああっ！　死ねぇ！　クソガキ魔王！」

「うひゃああっ⁉」

赤く燃え上がる斬撃《ざんげき》が、まおに襲いかかる。

回避行動も間に合わず、木下の剣がまおの頭に直撃した。

「ま、まおたん！」

「あっはっは！　俺の【鬼哭啾々】は一撃必殺の奥義！　これで魔王討伐は完了――えっ？」

木下がギョッと目を見開く。

振り下ろされた木下の剣は、まおの脳天に当たったままぴたりと止まっていた。

しばし、静寂。

そっと頭を触ってみたけれど、まおの頭には傷一つない。

というか、当たったことすら気づかなかった。

ええっと……ホワイ？

「どっ、どど、どういうことだ⁉　な、なんで【ジャッジメント】で弱体化させたのに、俺の【鬼哭啾々】の直撃を受けて無事でいられるんだ⁉」

「……さ、さあ？」

ごめん。

まおにもよくわからん。

だって【私ってば無敵すぎる♪】も使ってないし。
《これぞキョトン顔ｗｗ》
《でも、なんでだ？》
《能力が一時的に半分の半分になっても、木下ごときじゃ相手にならないくらい強いからじゃね？》
《ｗｗｗｗ》
《絶対それだわｗｗｗｗ》
《草草草》
《あ～、うん、それしかないねｗｗ》
《嘘だろｗ　魔王様どんだけ強いんだよｗｗｗｗ》
《さすまおすぎる》
ああ、なーほーね。
完全に理解した。
まおの能力が半分の半分（って何分の一だっけ？）になっても、うんち木下より強かったと。
ふむふむ。
――てか、まおの能力ってどれくらいあるの？
「ふ、ふふ、ふざけやがって！　たまたま攻撃を防いだからってイキがってんじゃねぇぞ、このクソガキが——」

「えい」

「はぐっ⁉」

デコピンかましてやったら、悶絶して地面にうずくまっちゃった。

あ、やっぱり。

これ、本当に魔王軍のみんなが言ってる通りだわ。

……へっへっへ、ビビらせやがって。

よ～し。じゃあ、ここから怒濤《どとう》の反撃開始ってことでいいよね？

しばし後《おく》れを取りましたが、今が巻き返しのときです！

＊＊＊

「う、くっ……な、なな、なんでだ⁉」

悶絶していた木下が憤怒《ふんぬ》の表情で顔を上げるが、そのおでこは真っ赤に腫《は》れ上がっていた。

すんごく痛そう。

「の、能力が四分の一になってるはずなのに、なんでこんな力が……」

「多分、基礎能力値が高いからかな？」

「は、はぁ⁉　お、お前、一体どんだけ強いんだよ⁉」
「知らん」
《しらんwwww》
《草》
【悲報】魔王様、自分の強さがわからない》
《だと思ったw》
《魔王様に能力値という概念はない・・・》
《さすまおすぎて草》
ステータス画面みたいなのがあったらわかりやすいんだろうけど、生憎《あいにく》そういうのはないからなぁ……。
ダンジョンにはじめて入ったときに習得するユニークスキルって、ポッと頭に降りてくる感じだし。
「このクソガキ……ッ！　俺をコケにしやがって！　だったら何回も能力を半分にして——」
「面倒だからやめい」
木下の腕をむんずと摑み、思いっきり放り投げた。
「ふぎゃっ⁉」
天井に頭をぶつけ、ビタンと地面に落下。

うん。これも痛そう。

「こ、ここ、この野郎ッ！　俺をコケにしやがって……ブッ殺してやぁぁあああああああっ！」

顔を真赤にした木下が必死に剣を振り回してくる。

当たっても痛くないけどウザいから避けようとしたけれど、ちょっと足の動きが鈍い気がするな。

能力が四分の一になってるから？

ん～、多少は影響があるみたい。

ちょこちょこ木下の剣の直撃を受けるけど——やっぱり痛くなかった。

「あっはっは！　どうした魔王⁉　俺の剣が全く避《よ》けられてない——」

「えい」

木下が剣を振り下ろしてきたタイミングを見計らい、切っ先を摑んで膝でへし折ってやった。

これでヨシ。

ああ、すっきりした。

《ｗｗｗ》

《すげぇｗ》

《えいｗｗｗｗ》

《パワー系幼女様》

《超物理》

《剣って膝で折れるもんなのか？ｗｗ》

「ま、まさか……」

真ん中からポッキリ折れてしまった剣を呆然と見つめる木下。

「ダイヤすら切り裂く『斬剛剣《ざんごうけん》』の異名を持つ俺のアロンダイトが……」

アロ……だ？

よくわからないけど、なんだかすんごく強そうな名前の剣！

ま、見るも無惨《むざん》な姿になっちゃったけど。

「お、お前っ！　こ、ここ、こんなことをしていいと思ってんのかっ⁉」

泣きそうな顔で木下が続ける。

「崇高《すうこう》な動物保護活動をしてる俺をさんざんコケにして、お前には罪悪感ってもんがないのかっ⁉」

「あるわけがないっ！」

「……っ⁉」

どどん！

《ｗｗｗ》

《言い切ったｗｗ》

《かわいい》
《ドヤ顔たすかる》
《さすまお》
だって、動物愛護とか嘘っぱちだし！
胡散臭いっていうのも厨二病ってのも事実だもん！
「てか、そもそもの話、動物愛護とか言ってモンスちゃんたちにひどいことをしてるのはそっちだよね⁉　モンスちゃんを怒らせてスカベンジャーさんにけしかけたり、ダンジョンを壊したり……罪悪感持ってほしいのはそっちなんですけど⁉」
「はっ、コレだからお子様は！　俺はお前らスカベンジャーや世間のクソどもに目を覚ましてもらうためにやってんだよ！　道楽でモンスター殺してるクソガキが偉そうに言ってんじゃねぇ！」
「ク、クソガキ……ピキピキ」
こんの野郎。
またまおのことガキって言った……。
《あの、魔王様、お顔が》
《怒ったとき口でピキピキっていう人はじめてみた》
《とにかくかわいい魔王様》
《怒っても可愛いってずるいｗｗｗ》

「さ、流石にキレちまったぜ……かくごせいや、うんこ木下。モンスちゃんたちの積年の恨み、まおがきっちり晴らしてやるけんのう⁉」

「ションベンクセェまな板のガキが、いきがんなって言ってんだろっ！」

「だっ、だからまおはまな板じゃないっつってんだろがあぁっ‼　おめ、ぶっころ！！！！！」

もう許さない！

まおの怒りに呼応するように、右拳が青白く輝きだす。

またたく間に、まおの体を覆い尽くすくらいの光の渦になり、周囲の空気が震えだす。

「こ、これは……」

「なんだぁ⁉」

驚きの声をあげるトモ様と木下。

まおは輝く右拳をうんこたれ木下の頬めがけて振り抜いた。

「はああああっ！　喰らえぃ‼　必殺ッ！！【超・理不尽パンチ】ッ！！！」

「……ふんぎゃあああああっ⁉」

見事まおのグーパンが木下の頬を撃ち抜き、凄まじい爆発が巻き起こった。

その衝撃が空気を震わせ、大地に大きな穴を穿《うが》つ。

舞い上がる砂塵が晴れた後、その場に立っていたのは――まおただひとり。

《(⊃Д)。。》

《え？　え？》
《あの・・・木下が消えたんですけど・・・？》
《グーパン一発で消滅したｗｗ》
《うそだろ⁉　あいつ、ランカーにも勝つくらい強いはずだぞ⁉》
《超理不尽パンチｗｗｗ　なんぞそのスキルｗｗｗ》
「説明しよう……このスキルは拳に強力な魔力を溜め、カミソリのように鋭く研ぎ澄ませて放つ必殺の奥義《おくぎ》。この拳を受けた相手は――死ぬ！」
《おくぎｗｗｗｗ》
《過程は細かいのに、結果が雑ｗｗｗｗ》
《いや、確かにおくぎって読めるけど、なんだろう、この絶対間違ってる感ｗｗｗ》
《死ぬｗｗ》
《おれらが笑い死ぬわｗｗｗ》
《本当に理不尽すぎて草》
《腹痛いｗｗｗｗ》
《魔王様も意外と厨二なんですね》
「……ふっふっふ」
またつまらぬものを粉砕してしまった。
だけど、敵ながら褒めてやろう、うんち木下。

まおに最終奥義の【超・理不尽パンチ】を出させるなんて。

流石は勇者と自負するだけのことはあった……。

「まおたん！」

などと厨二病を発症していたら、トモ様が駆け寄ってきた。

「だ、大丈夫か⁉　怪我はないか⁉」

「はい！　まおはこの通り元気です！」

無傷もいいところなので、くるっと回って決めポーズ☆

ピースサインで舌をぺろり♪

《あざとかわいい》

《よき》

《可愛い》

《かわいい》

「……かわいい」

「ん？　トモ様？」

「あ、いや、なんでもない」

なんだろ。

今、トモ様がすんごくだらしない顔をしてたような気がしたけど。

「し、しかしすごいなまおたん！　まさかあの木下をワンパンで倒すとは！　先日、同じようにあの男に妨害されたのだが、撃退するのに相当骨が折れたぞ」
「そ、そうだったんですね」
そっか。トモ様も苦戦した相手だったのか。
まおに本気を出させるくらいだったし、もしかすると一般的には強敵だったのかもしれないなぁ。
スキルもふたつ持ってたしね。
でも、まおの【超・理不尽パンチ】で強制送還&リセットしちゃったし、もうあの凶悪スキルで悪さはできないよね？
うむ、うむ！
ダンジョンの平和は守られた！
《木下リセットか。おつかれさまでした》
《そっか。リセットされたから、【ジャッジメント】がなくなったんか》
《ざまぁｗｗｗｗ》
《勇者討伐に成功したなｗｗ》
《だけど、モンスター愛護会に喧嘩売って平気なのか？》
《確かに。木下がリーダーだけど、他にもヤバいメンバーたくさんいるしな》
《目の敵《かたき》にされないか？》
《あずき：対処します》

《おお》

《wwww》

《あずき姐・・・頼れる御方だ》

モンスター愛護会ってそんなにヤバい組織だったのね。

見た目は「動物愛護の非暴力組織」って感じなんだけど……。

でも、目的のためなら手段を選ばないってのが今回わかったし、ひょっとして仕返しとか受けちゃう？

ううう、それは嫌だなぁ。

ここはあずき姉にお任せしちゃおうかな。

まおはトモ様とコラボ配信中だし。

「と、とにかく、コラボを続けましょう！　トモ様！」

「え？　……ああ、うん、そうだな！」

ハッと我に返るトモ様。

あ、もしかしてコラボ中だってこと、忘れちゃってました？

まぁ、色々ありましたからね……。

というわけで、邪魔者を排除したまおたちは、そのままコラボを再開することに。

想定外のことが起きまくったけど、まおの一〇〇チャレは無事終わったし、散歩をしながらまったり下層を歩いて回ることに。

……あれ？
そういえば、何のために一〇〇チャレ始めたんだっけ？
《魔王様！　ご報告です！》
と、コメント欄に報告が。
《ツリッタートレンドで『魔王まお』が日本一位・・・さらに、『Ｍａｏｕ Ｍａｏ』が世界トレンド一位になっています！》
《すげぇｗｗｗｗ》
《世界一位ｗｗ》
《Ｍａｏｕ Ｍａｏってｗ》
《Ｄｅｖｉｌ Ｍａｏじゃないんかよｗｗｗ》
《世界デビューおめ！》
《魔王様の存在が世界にバレてしまったか・・・》
「せ、世界トレンド一位……」
「す、すごいぞ、まおたん！」
トモ様が興奮しながら続ける。
「いまだかつて、世界トレンド一位を取ったダンジョン配信者はいないぞ！　これは快挙だ‼」
「そ、そうなんですか⁉　すごい？　まお、すごいのかな？」

「ああ、すごすぎるぞ！　さすがまおたん……さすまおすぎる！」
「えへへ……ま、まぁ、これくらいどうってことないですけどね？」
えっへん。
トモ様に褒められちゃった。
これはドヤっても許されるやつだよね？
《すさまじいドヤ顔》
《かわいい》
《近年稀に見るドヤ顔》
《ここ一〇年で最高のドヤ顔だな》
《五〇年に一度の出来栄え》
《ワインの評価かよ》
《ｗｗｗｗ》
《でも、魔王の冠がついてるけどいいのかな？》
「……あっ」
言われて気づく。
確かに、トレンドになっているのは「Ｍａｏｕ Ｍａｏ」……つまり、魔王まお。
これは魔王という汚名が、海を越えて海外にまで広まったということでは？
……あっ！　そうだった！

一〇〇チャレはじめたのも、モンスちゃんを従えている魔王じゃないってことを力《パワー》で知らしめるためだった！

だけど結局、全世界に魔王まおの名前を広めただけ……。

「……んあああああああっ‼‼」

「ど、どうしたまおたん⁉」

うなだれたまおにトモ様が駆け寄ってくる。

「どこか痛いのか⁉　やはり木下との戦いで怪我をして――」

「プリティまおのブランドがああああああああっ！」

「……なんて？」

どうしてこうなるの⁉

まおの予定では、トモ様とのコラボでキラキラプリティまおたんとしてリブランディングされるはずだったのに……。

だけど、海外にまで広がっちゃった以上、もうまおにはどうすることもできなくて。

――そんなわけで。

悲しみに襲われているまおをよそに、トモ様とのコラボ配信は大盛りあがりの中、終わりを迎えることになったのだった。

「……それでは皆、また次回の配信で会おう！」

「おつまおでした……またね～……」

《魔王様、しょぼくれてるｗｗｗ》
《おつ～》
《ふたりとも可愛かった！》
《最高に楽しかったです》
《またコラボみたいです！》
《おつまお～～～》
魔王の汚名が海を渡っちゃったのは最悪だったけど、魔王軍のみなさんにはかなり楽しんでもらえたみたい。
トモ様の配信も大盛況みたいだったし、これは大成功と言えるのでは？
このコラボをきっかけにトモファミの皆さんがまおチャンネルを登録するという動きが出て、登録者数が凄まじい伸びを見せた。
家に帰って確認してみれば、登録者は一四〇万人の大台に。
すごい。すごすぎる。もうすぐトモ様に追いついちゃうよ……。
余談《よだん》だけど、帰るときにトモ様から「うちの事務所の社長からまおたんに会いたいと連絡があった」って言われて、興奮しすぎてたから「ありがとうございます！」って返してしまったんだよね。
冷静に考えると、うちの事務所の社長ってＢＡＳＴＥＲＤの社長ってことだよね？
……やっぱりさっきのなしでお願いしますって言いたいけど、今更無理かなぁ？

エピローグ　魔王様、妙な輩に目をつけられる

stream and was admiring an S-class monster when she was mistaken for a demon king and went viral

トモ様とのコラボが終わった次の日――。

配信アーカイブを朝までヘビロテで観たまおは、超絶寝不足で登校して地獄の一日を送る羽目になってしまった。

居眠りしながら適当に授業を受けるわけにはいかない。

だって、お母さんとの約束で学校の成績が落ちちゃったらダンジョン探索《たんさく》に行けなくなっちゃうし、どういう授業態度なのかはあずき姉を通じて筒抜け状態なのだ。

というわけで、瞼の上をセロハンテープでくっつけて、クラスメイトから「白目剝《む》いてるけど大丈夫？」なんてツッコまれながら授業をクリアして迎えた放課後。

速攻で家に帰って惰眠《だみん》をむさぼるでもなく、推しモンちゃんたちとダンジョン探索を楽しむわけでもなく、まおが向かったのはダンジョン部の部室だった。

や、本当は家に帰って寝たかったんだよ？

でも、昨日の配信で色々と問題が起きちゃったし、その対策というか相談をあずき姉にしなきゃ。

「……あれ、誰もいない」

だけど、部室はもぬけの殻《から》だった。

う～む。ウチの部って本当に大丈夫なのかな？

「ま、とりあえず、あずき姉が来るのを待つか」

部室のど真ん中に鎮座《ちんざ》しているこたつの中に潜《もぐ》り込み、スマホを取り出す。

開いたのは昨日のトモ様との配信アーカイブ――じゃなくて、ＦｏｒＴｕｂｅにアップされている切り抜き動画だ。

昨日の今日なのに、すでに無数の切り抜き動画がある。

流石は我が魔王軍のＩＴ部隊。

仕事が実に早い。

だけど、昨日は色々あったなぁ。

唐突なトモ様とのコラボに始まって、鬼門の一〇〇チャレ。

そこからモンスターフロア踏み抜いて、極めつけはモンスター愛護会の木下ケンジに絡まれた。

あいつ、本当にムカつくやつだったなぁ。

「……あれ？」

と、部室に女性の声が浮かんだ。

彼女の正装ともいえる、白衣姿のあずき姉だ。

ちなみに彼女は化学科教師というわけではない。

なのに何で白衣を着てるのかというと……まおにもわからない。

多分、頭がよく見えるとかそういう理由だと思う。

そんなあずき姉が、ひょいとまおのスマホ画面を覗《のぞ》き込んできた。

「どしたのまお？　自分の切り抜き動画なんて真剣な顔で見ちゃって？」

「……や、ここの木下から質問を投げかけられたとき、もう少し知性を感じる受け答えをしたほうがよかったかなって」

「ひとり反省会してて草なんだけど」

あずき姉がケラケラと笑う。

「そういや登録者一五〇万人おめでとう。ついに大台に突入したね」

「あ、ありがとう」

そうなのだ。

まおのダンTV登録者数は、ついに一五〇万を突破してしまった。

つまり、憧れのトモ様と同じ登録者数。

――といっても、昨日のコラボがSNS上でバズっちゃったこともあって、トモ様の登録者数も二〇万人くらい増えちゃってるみたいだけどね。

しかし、一五〇万人かぁ。

ちょっと凄《すご》すぎて、本当に現実味がない。

だって一五〇万人だよ⁉

登録者一五〇万人以上の配信者って、全体の0.1%くらいだったかな？

そんな中にまおが並んでいるなんて考えられないっていうか、おこがましいっていうか……。

収益化が通ったら大変なことになりそうな予感しかしない。

ちなみに、あずき姉が出してくれていた収益化申請の返答もそろそろだと思うけど、彼女曰く「余裕で通るに決まってるでしょ」とのこと。

収益化が通ると「ダンTV公式配信者」ということになり、名前の横に黄金色の剣マークがつくみたいなんだよね。

あれ、ちょっとかっこいいから楽しみ。

「ところであずき姉、昨日のことなんだけどさ？」

「うん、とりあえずモンスター愛護会の連中が騒いでる様子はないし、木下もしばらくはおとなしくしてそうだよ」

こたつに潜り込んだあずき姉が、スマホをまおに見せてくれた。

多分、モンスター愛護会のメンバーであろう人物のツリートに、木下の現状について告知があった。

どうやら先回りして色々と調べてくれてたみたい。

本当に頼りになるブレインだわ。

「え〜と……『愛護会リーダー木下ケンジは体調不良によりしばらく活動を休止させていただきます』……体調不良？」

「そういうことにしたいんでしょ。一応、組織のリーダーみたいだしさ」

迷惑系配信者なのに体裁を大事にしてるとか、ちょっと笑える。

告知には「勇者が魔王に負けてて草」とか「リセットざまぁw」なんてリプライが大量に投下されていた。

ダンジョンでリセットを食らったら装備や能力だけじゃなく、ユニークスキルもなくなっちゃうから永遠に活動は無理なんじゃないかな？

ま、木下の今後なんてどうでもいいんだけどね。

まおの目下の問題は、あいかわらずの魔王汚名問題に尽きる。

今回のコラボ配信で「魔王まお」の名前はついに海を越えて海外にまで進出しちゃったわけだし。

「いや、流石に海外まで広まったら、どうしようもなくない？」

みかんを食べながらあずき姉が笑う。

「もう諦めて、英語勉強しな？」

「え？　なんで英語？」

「だって、配信に海外のリスナーが来そうじゃん？」

「た、確かに！」

突然コメント欄に大量の英語が投下されて、あわあわするまおの姿が容易に想像できちゃう！

「英語、ちゃんと勉強したほうがいいかな？」

「だね。まおのこの前の中間テストの英語科目、赤点ギリギリだったし」

「……っ⁉ な、なんであずき姉がまおの英語の点数知ってるの⁉」

「教師特権ってやつだよ……ふふふ」

そんな特権あるの⁉

こわっ！

「まお、配信始めるときの挨拶を英語で言うと？」

「え？ 何いきなり？」

「クイズクイズ。ほら英語で言ってみ」

「ええっと……ハ、ハロー、エブリディ？」

「…………」

ひどく胡散臭《うさんくさ》い顔をされた。

「じゃあ、配信終わるときは？」

「あ、それは知ってる！ アイルビーバック！」

「……間違いじゃないけど、なんでそれをチョイスするかな？」

そこはかとなく重い溜め息をつかれてしまった。

もういいじゃん、英語は！

切羽詰まってるわけじゃないし、それはおいおいということで！

「英語より、どうやったら魔王の汚名を晴らすことができるか教えてよ！」

「だから諦めろって。ここまできたら無理無理」

「諦めないでっ！　このままじゃ、まおのストリーマー生活が終わっちゃう！」

「いやいや、輝かしいストリーマー生活が始まってるでしょ」

あずき姉がまおのダンＴＶの管理画面を見せつけてくる。

そこに輝く登録者一五〇万人の文字。

あのさ？　さも当たり前のように、まおのアカウントに不正アクセスしないでくれるかな？

「一五〇万人っていうのはすんごくありがたいし嬉しいけど、まおは魔王なんかで有名になりたくないの！　どうにかしてよ、あずきえもん！」

「教師を未来の猫型ロボットみたいに呼ぶな」

おでこをペシッと叩《たた》かれた。

痛い。

「……でも、間違った情報が出回ってるっていうなら、正しい情報を発信する場を設けてやるってのが手っ取り早い方法だと思うけどねぇ」

「情報発信する場？」

「そ。例えば……ファンクラブを作るとかさ」

「は？」

いやいや。

なんでファンクラブ？

「ファンクラブには、まおのことを魔王って思ってるファンが集まるわけじゃない？　そこで頻繁に情報を発信するんだよ。そうすれば正しい情報が確実に広まるっしょ？」

「……お、お主、天才か？」

久々にあずき姉に尊敬の眼差しを向けた。

ほんと、超久しぶりに。

「それいいじゃん！　よし、ファンクラブ作ろう！　どうやったら作れる⁉」

「実はもう骨子《こっし》は作ってるんだよね。WEBサイトはもちろん、会員管理システムはダンTVとAPI連動させて、どの程度配信を見てくれているかでランク付けしたりできるスクラッチ型のCRMを導入してて――」

「何を言ってるのかわからないけど、なんだか凄い気がする‼」

日本語でおKだけど、さすがはあずき姉だ！

まおにできないことを平然とやってのける！

そこに痺れる！　憧れるぅ！

「まぁ、とにかくファンクラブのシステム構築はあたしに任せてよ」

「ありがとう！　あずき姉！」

「な〜に、いいってことよ。……これで魔王まおの名前をさらに広められれば、あたしのヒモ生活が確固たるものになるからねぇ……ふっふっふ」

「ん？　何か言った？」

「なんも言ってないお」

おどけるあずき姉（二三）。

キツイ。

とまぁ、そんな姉上様は一旦置いといて、ファンクラブを立ち上げれば少しは魔王の汚名が晴れるかもしれないよね。

モーニングルーティンみたいな動画でアップしちゃえば、まおの好感度バク上がり間違いなしだろうし！

ふっふっふ、これは行ける気しかしない!!

そうして大きな期待を抱きながら、待つこと二日ほど。

あずき姉のハイレベルIT技術力によって、まおのファンクラブが華麗に立ち上がったわけなんだけど——。

「……ちょっと待って。なにコレ？」

再びダンジョン部部室。

あずき姉に呼び出されてやってきたんだけど、公開されているWEBサイトを見て、目ん玉が飛び出そうになってしまった。

可愛いとは程遠い、黒と紫を基調にしたおどろおどろしいデザイン。

そして、デカデカと刻まれているサイトの名前。

その名も「ファンクラブ&スカベンジャーチーム・大魔王軍」公式ＷＥＢサイト――。

「すでにファンクラブ会員は一〇〇万人を突破してんだよね。ちなみにスカベンジャーチームのほうはしっかりオーディションするつもりだから安心して？」

「うん！　どこから突っ込んでいいかわからん！」

まず、なんで大魔王軍って名前なの⁉

ファンクラブでまおの正しい情報を発信するって言ってたよね⁉

魔王汚名、絶対晴れないじゃん、そんなの！

さらにスカベンジャーチームのおまけまでついてるし！

「驚くのはまだ早いよ、まお。コレみてよ」

あずき姉がこたつの上に乗せたのは、Ａ４用紙の分厚い束。

え？　何これ？

ファンクラブ名簿？

辞書よりブ厚いんですけど……。

「ファンクラブ第一号は、なんとあの神原トモなんだから！」

「……ファッ⁉」

何を言ってるんだと思ったけど、マジのマジでファンクラブ名簿の一番最初にどどんとトモ様の名前が鎮座していた。

トモ様？　何をしていらっしゃるんですか？

しかもファンクラブ応募開始してから、ものの数秒で申し込んでいらっしゃるじゃありませんか。

「ちなみに、まおがファンクラブ&スカベンジャーチーム大魔王軍を立ち上げたってことは各メディアにプレスリリース出しといたから」

「お、おおお……」

ご丁寧にまおのことを取り上げてくれたメディアをプリントアウトしてくれてる。

まおが大魔王軍を立ち上げたことはネットニュースだけじゃなく、地上波のニュースまで取り上げてくれていた。

さらに、多くの芸能事務所やスカベンジャー事務所が魔王様の獲得に動いている噂《うわさ》まで出ているらしい。

――現代に転生してきた魔王を獲得した者がダンジョン業界……いや世界を牛耳《ぎゅうじ》ることになる！

なんて物騒なことまで書かれちゃってるし。

「これでさらにダンTVの登録者が増えること間違いなしだね。あ、そういえば収益化もすんなり通ったから、次の配信からゴルチャもらえるよ」

ゴルチャというのは「ゴールドチャット」の略称で、いわば投げ銭のようなもの。

なんだけど。

「……ど」

「え？」

「ど、ど、ど、どうしてこうなった⁉」

全くもって解《げ》せない。

まおの予想では、「まおふれんど♪」とか「まおめいと☆」みたいな可愛いファンクラブになるはずだったのに。

あずき姉……頼れるマイシスターだと思ってたのに、諸悪の根源はこの女だったのかっ⁉

お、お、おのれぇ！

こうなったら、意地でも魔王の汚名を払拭《ふっしょく》してやるっ！

もう、手段は選ばないもんね！　どんな汚い手を使おうとも、まおのプリティで可憐でセクシーなダンジョン配信者生活を取り戻してやるんだからっ！

３２１：**名無しのスカベンジャー**
最近、ガチで異世界から転生してきた魔王様なんじゃないかと思いはじめたんだが

３２２：**名無しのスカベンジャー**
ガチのバケモン（幼女）だからな

３２３：**名無しのスカベンジャー**
今更感

３２４：**名無しのスカベンジャー**
俺はダンジョンを異世界から持ってきた張本人だと睨んでる

３２５：**名無しのスカベンジャー**
にしてはポンコツすぎんだろｗｗ

３２６：**名無しのスカベンジャー**
てか、魔王様の切り抜き動画がＦｏｒＴｕｂｅの急上昇ランキング上位独占しとるｗｗ

３２７：**名無しのスカベンジャー**
スカーレットマニキュアが好きとか、マジまおたんのイメージ通りなんだが

３２８：**名無しのスカベンジャー**
今んところわかってる魔王様のユニークスキルって７つだっけ？

３２９：**名無しのスカベンジャー**
＞＞３２８
非公式魔王様Ｗｉｋｉによると、「以心☆伝心」「この指と－まれ♪」「元気吸っちゃうぞ♪」「私ってば無敵すぎる♪」「どどんがどん☆」「キラキラ☆結晶」「超・理不尽パンチ」「あたし好みにな－れ」の８つだな

３３０：**名無しのスカベンジャー**
超・理不尽パンチ：拳に強力な魔力を溜め、カミソリのように鋭く研《と》ぎ澄ませて放つ必殺の奥義。その拳を受けた相手はいかなる防御行動を取ろうとも死ぬという、正に超・理不尽なスキル。ちなみに「おうぎ」ではなく「おくぎ」。おくぎと読むこともあるので誤用ではないのだが、魔王様のことなので多分読み間違えてる。
↑この説明文、何度読んでも笑っちまうんだがｗｗ

３３１：**名無しのスカベンジャー**
まだまだ奥の手持ってそうなのがヤバいよな
ユニークスキルはひとりひとつっていう常識がぶっ壊れたし、スカベンジャーの勢力図的なものに変化が出てるんじゃね？
教えて業界に詳しい人

３３２：**名無しのスカベンジャー**
スキルに関しては、いまんところ魔王様だけが特別って認識っぽい
配信トップランカーとかガチ勢チームにも複数所持者はいないみたいだし
まぁ、隠れた逸材はおるかもしれんが

３３３：**名無しのスカベンジャー**
木下が２つ持ってたなかったっけ？

３３４：**名無しのスカベンジャー**
＞＞３３３
確かに持ってたな
ジャッジメントだけでもぶっ壊れなのに恵まれすぎだろあいつ

３３５：**名無しのスカベンジャー**
リセットしたけどなｗ

３３６：**名無しのスカベンジャー**
やっぱり魔王様って異世界からの訪問者なんじゃ・・・

３３７：**名無しのスカベンジャー**
だからそうだって言ってんだろ

３３８：**名無しのスカベンジャー**
転生した幼女魔王の異世界無双　1000のユニークスキルでダンジョン攻略はじめます。え？　Ｓ級モンスターはペットですけれど何か？－

３３９：**名無しのスカベンジャー**
ラノベかよ

３４０：**名無しのスカベンジャー**
ガチな話、１４号の下層モンスターフロア余裕でクリアしてたしなぁ
ＲＴＡガチ勢のセブンスレインの奴らより余裕で強いよな？

３４１：**名無しのスカベンジャー**
あいつら沈黙キメてるけど、そろそろ無視できなくなるんじゃね？
まさか水面下でスカウトに動いてるとか？

３４２：**名無しのスカベンジャー**
セブンスレインが相手するわけない
アウトオブ眼中に決まってんだろ

３４３：**名無しのスカベンジャー**
＞＞３４２
あ、もしかしてセブンス信者？
配信じゃ魔王ってキーワードは禁句らしいじゃん？

３４４：**名無しのスカベンジャー**
なんで？

３４５：**名無しのスカベンジャー**
＞＞３４４
セブンスのやつらが険悪なムードになるからだと

３４６：**名無しのスカベンジャー**
草

３４７：**名無しのスカベンジャー**
どこが眼中にないだよｗｗ
意識しまくりじゃねぇかｗｗｗ

３４８：**名無しのスカベンジャー**
まぁ普通は無視できないよな
異世界から来た魔王なんて超逸材、仲間に引き入れたら天下取れる

３４９：**名無しのスカベンジャー**
なんだか転生してきたってのが事実みたいになってるけど、魔王様は天草高校一年の幼女ＪＫだぞ

３５０：**名無しのスカベンジャー**
天草高校の男子生徒うらやま

３５１：**名無しのスカベンジャー**
魔王様、どこのチームや事務所に入るんだろ？
いまんとこ一歩リードしてるのはＢＡＳＴＥＲＤ？

３５２：**名無しのスカベンジャー**
素人質問で恐縮なんだが、チームと事務所ってどう違うんだ？

３５３：**名無しのスカベンジャー**
＞＞３５２
絶対素人じゃない（((（；ﾟДﾟ)))) ガクガクブルブル

３５４：**名無しのスカベンジャー**
>>３５２
チームは個人が作ったもの（アマチュア）で、事務所は企業が作ったもの（プロ）って感じかな
事務所に入ると配信以外の案件を依頼される場合がある
あと、給料もらえる事務所もあるとかなんとか
ＢＡＳＴＥＲＤは事務所だけど、セブンスはチーム
他の有名どころだと、ホワイトスプリング、白鯨は事務所かな

３５５：**名無しのスカベンジャー**
さんくす
ソロ＜チーム＜事務所
みたいな感じか
事務所に入ってるスカベンジャーは勝ち組なんだな

３５６：**名無しのスカベンジャー**
ガチの素人でした

３５７：**名無しのスカベンジャー**
本命：ＢＡＳＴＥＲＤ
対抗：セブンスレイン
単穴：ホワイトスプリング、白鯨、ＬｉＬｉ＆ＬａＬａ、赤坂剛力兵団、七本指、婆娑羅十傑衆
大穴：モンスター愛護会
さぁ、どれだ？

３５８：**名無しのスカベンジャー**
モンスター愛護会ｗｗｗｗ

３５９：**名無しのスカベンジャー**
大穴やめろｗ

３６０：**名無しのスカベンジャー**
七本指ってまだ活動してたんやな
メインのメンバーがリセット食らって解散したと思ってた

３６１：**名無しのスカベンジャー**
マジでモンスター愛護会に入ったりして
ある意味、すでに愛護してるし

３６２：**名無しのスカベンジャー**
木下さんリセットさせられたのに入れるわけねぇだろ
そもそもクソ魔王なんていらんし

３６３：**名無しのスカベンジャー**
＞＞３６２
会員が魔王様スレに来てんじゃねぇよｗｗｗ

３６４：**名無しのスカベンジャー**
あれから木下ってツリッターも更新してないよな？
もしかしてマジで引退？

３６５：**名無しのスカベンジャー**
＞＞３６４
愛護会の公式ツリッターによると体調不良で活動休止だと
ホント魔王様のおかげだわ

３６６：**名無しのスカベンジャー**
リセットしたのに休止もクソもねぇだろ・・・
このまま引退してほしいわ

３６７：**名無しのスカベンジャー**
引退には賛成だけど、あの「ジャッジメントですわよー」がもう聞けないのはちょっとさみしくもある

３６８：**名無しのスカベンジャー**
あのスキルぶっ壊れだったし、むしろ清々する

３６９：**名無しのスカベンジャー**
木下はどうでもいい
まおたん配信はよ

３７０：**名無しのスカベンジャー**
てか、高校生ならそろそろテストじゃね？
勉強で配信お休みするのかな？（´；ω；｀）ブワッ

３７１：**名無しのスカベンジャー**
魔王様がテスト勉強なんてするわけないだろいいかげんにしろ

３７２：**名無しのスカベンジャー**
ｗｗｗｗ

３７３：**名無しのスカベンジャー**
そういやツリートしてたビッグニュースってなんなんだ？
今日発表だよな？

３７４：**名無しのスカベンジャー**
まさかどっかの事務所かチームに入るとか？

３７５：**名無しのスカベンジャー**
あり得る

３７６：**名無しのスカベンジャー**
魔王様のツリッターに情報きたぞ

３７７：**名無しのスカベンジャー**
タイミングよすぎｗｗ
もしかして魔王様ここ見てる？

３７８：**名無しのスカベンジャー**
え？　ファンクラブ？

３７９：**名無しのスカベンジャー**
ファンクラブ＆スカベンジャーチーム大魔王軍を立ち上げますｗｗｗｗｗ

３８０：**名無しのスカベンジャー**
おおおおおお！

３８１：**名無しのスカベンジャー**
きたあああああああ！

３８２：**名無しのスカベンジャー**
所属事務所の発表じゃなかったああああああ
よかったああああああ

３８３：**名無しのスカベンジャー**
魔王様は誰にも媚びぬ
只、我が道を進むのみ

３８４：**名無しのスカベンジャー**
スカベンジャーチームまで立ち上げんのかよｗ
速攻応募するわ

３８５：**名無しのスカベンジャー**
うおおおお！
これは応募せざるを得ない！

３８６：**名無しのスカベンジャー**
チームメンバーは厳選な審査の上で決定するって書いてるけど、どのくらい取るんだろ

３８７：**名無しのスカベンジャー**
倍率１０００倍は堅いな

３８８：**名無しのスカベンジャー**
狭き門すぎるｗｗ

３８９：**名無しのスカベンジャー**
この文章考えたの絶対あずき姐だな
魔王様にしては知性が高すぎる

３９０：**名無しのスカベンジャー**
魔王様、厳選って漢字読めなさそうだしな

３９１：**名無しのスカベンジャー**
＞＞３９０
おいｗｗ

３９２：**名無しのスカベンジャー**
ｗｗｗｗｗｗ

３９３：**名無しのスカベンジャー**
キョトン顔してるのが目に浮かぶｗｗ

３９４：**名無しのスカベンジャー**
想像しただけで可愛い

３９５：**名無しのスカベンジャー**
トモ様がリツリートしとるな

３９６：**名無しのスカベンジャー**
ほんまや

３９７：**名無しのスカベンジャー**
これ絶対ファンクラブ応募してるだろｗｗｗ

３９８：**名無しのスカベンジャー**
トモ様すっかり魔王様のファンだからなぁ・・・
流石にスカベンジャーチームには応募してないよね？　ね？

３９９：**名無しのスカベンジャー**
トモ様って、可愛いものに目がないってこと周囲にバレてないって思ってるのが可愛いよな

４００：**名無しのスカベンジャー**
おいおまえら応募するのやめろ
アクセス多すぎてサーバーが落ちたじゃねぇか

４０１：**名無しのスカベンジャー**
草草草

４０２：**名無しのスカベンジャー**
ＷＥＢサーバーもワンパンしてしまったか・・・

４０３：**名無しのスカベンジャー**
【朗報】魔王様、ファンクラブ応募開始５分でサーバーを倒してしまう

４０４：**名無しのスカベンジャー**
また記録を作ってしまったか・・・

４０５：**名無しのスカベンジャー**
しかし、スカベンジャーチーム選定は一悶着《ひともんちゃく》ありそうだな

４０６：**名無しのスカベンジャー**
有名どころがこぞって応募しそう

４０７：**名無しのスカベンジャー**
魔王様の右腕になれるチャンスだからな

４０８：**名無しのスカベンジャー**
素人質問で恐縮でござるが、まお殿のスカベンジャーチームは小生も応募してよいのでござるか？

４０９：**名無しのスカベンジャー**
また怖い質問がきた

４１０：**名無しのスカベンジャー**
しかもさっきのやつより濃ゆいｗｗｗ

４１１：**名無しのスカベンジャー**
＞＞４０８
応募資格はダンジョン探索経験があるスカベンジャーって書いてるし、年齢制限もないみたいだからおっさんでもいけるぞ

４１２：**名無しのスカベンジャー**
おお、かたじけないでござる！

４１３：**名無しのスカベンジャー**
今どき小生とか名乗るおっさんいるんだな

４１４：**名無しのスカベンジャー**
天然記念物レベル

４１５：**名無しのスカベンジャー**
ハゲのおっさんが選ばれたら暴動起きそう

４１６：**名無しのスカベンジャー**
ハゲは関係ないだろ！

４１７：**名無しのスカベンジャー**
また髪の話してる

４１８：**名無しのスカベンジャー**
キモいおっさんはあずき姐が問答無用で落とすから安心しろ

４１９：**名無しのスカベンジャー**
それな

４２０：**名無しのスカベンジャー**
小生、自信があるでござる！
まお殿は小生の生きがいでござる！
絶対加入してみせるでござるよ！

４２１：**名無しのスカベンジャー**
自信があるって髪の話？

４２２：**名無しのスカベンジャー**
がんばれおっさん
同じ中年スカベンジャーとして応援してるぞ

番外編　ちずるん、魔王様と邂逅する

「し、しけてるダンジョンだなぁ……」

パソコンのモニタを見ていた私こと天童《てんどう》ちずるは、溜め息交じりにそんな言葉を漏らしてしまった。

かれこれ一時間くらいダンジョンに落ちている出土品《ルート》を見てまわってるんだけど、見つけたのは回復ポーションみたいな消耗品ばっかり。

レアなアイテムはひとつもない。

この調子だったら、中層を見に行く必要はないかもしれないな。

武器や防具が出たとしても、ダンカリで数千円レベルの粗悪品だろうし。

「ま、まぁ、八号ダンジョンだし、こ、こんなものなのかな……」

私がモニター越しに見ているのは、渋谷八号ダンジョン。

……といっても、誰かのダンTV配信を見ているというわけじゃない。

知らない配信者が使っていた旧式ドローンのセキュリティの微弱性を突いてＡＰＩ接続して、ネット経由で操作権限をジャック——。

……ええっと、簡単にいうとハッキングして他人の配信用ドローンを使わせてもらい、家にいながらダンジョン探索をしているのだ。

あの配信者さんにはごめんなさいだけど後でちゃんと返すし、使わせてもらったお礼に同じシリーズの新型ドローンの割引チケットを送付してあげるから許してほしい。

大盤振る舞いの五〇％オフクーポン！

頑張ってポイ活で集めてきたやつだから、あげるのはちょっと躊躇《ちゅうちょ》しちゃうけど……。

「……って、そ、そんなことはどうでもいいか」

今大事なのは、ダンジョン探索《たんさく》の成果なのだ。

「よ、よし、もう少しだけ探索してみよう」

コントローラーを握りしめ、ドローンをダンジョンの奥へと飛ばす。

こんなふうにドローンを遠隔操作してダンジョン散策するのが好きなんだけど、今回、渋谷八号に来ているのは趣味の一環ってわけじゃない。

幼馴染のスカベンジャー、喜屋《きや》武《ん》ちひろちゃんのための事前ダンジョン下見——つまり、サポート業務なのだ。

私が喜屋武ちゃんの活動協力をしはじめて、かれこれ数年が経つ。

当初は配信機材やドローンの手配だけだったけど、最近はこんなふうにダンジョンの下見をして情報収集したりしてるんだよね。

それで今回は、週末に喜屋武ちゃんがアタックをかけるダンジョンを選定してるんだけど……絶賛難航中。

身内を褒めるようで恥ずかしいけど、喜屋武ちゃんはかなり強い。

一五号くらいならソロでも余裕かな？

だけど、とある事情で装備がなくなっちゃって、新たに調達する必要が出てきちゃったんだ。

装備は喜屋武ちゃんの生命線。

それがないと高ランクのダンジョンには絶対行けない。

だから、こういう微妙なランクのダンジョンで、そこそこいい装備をゲットしようと考えてたんだけど――。

「う、ううむ……や、やっぱりいいアイテムは落ちてないなぁ……」

現在ドローンがいるのは中層のエリア五。

ここまでくれば、そのダンジョンの出土品レベルが把握できるんだけど、やっぱり求めているものはなさそう。

ダンカリで売っても二束三文《にそくさんもん》にしかならないものばかり。

これじゃあ、回復アイテム代にもならないよ……。

「し、仕方ない。別のダンジョンに行くか」

時間が無駄になっちゃったけど、こういうことはよくある。

めげずに近くのダンジョンにハッキングをかけよう。

「た、確かこの近くに渋谷五号ダンジョンがあったはずだよね……」

ダンジョンの位置や込み具合が確認できる「ダンジョンナビ」というアプリを起動させながら、ドローンの遠隔操作をオフに。

ドローンがぶうんと持ち主の元へと戻り始めた。

カメラの映像は、中層から上層へ。

スマホ片手にそれを何気なく眺めていたんだけど――。

「……あ、あれっ？」

妙なものが映った気がして遠隔操作モードに切り替える。

コントローラーを使って、ドローンを一八〇度反転。

すると、再び「それ」がモニタに映った。

「こっ、ここ、子供？」

カメラに映ったのは、幼い女の子だった。

綺麗に切りそろえられた前髪。

紫色のメッシュが入ったツインテール。

頭に角みたいなアクセサリーをつけていて、どこか魔法少女っぽい雰囲気の衣装を身にまとっている。

ぱっと見たところ、多分、小学生くらいだと思うけど……。

「な、な、なんでダンジョンに小学生が？」

　ダンジョンには年齢制限がなく、誰でも自由に出入りすることができる。

　だけど大抵の子供はモンスターを怖がって、入り口に近づこうともしない。

　前に一度、グループでダンジョンに入ってきた小学生を見かけたことがあるけど、すぐに泣きながら逃げ帰ってたっけ。

　小学生がひとりでダンジョンに潜るなんて絶対に無理。

　だけど……今、女の子がいるのは、上層のエリア九。

　上層階でも比較的奥のほう。

　しかも鼻歌交じりで楽しそうに歩いてるし。

　この子、一体何者だろう？

　ちょっと興味が湧いてきた。

「し、調べてみよう……」

　配信用ドローンを飛ばしてるみたいだし、そこからデータをたどっていけば個人情報が見つかるはず。

　今まで操作していた旧式ドローンを地面に降ろし、女の子のドローンにハッキングをかけた。

「へ、へぇ、超小型ＶＴＯＬ型ドローンシリーズ『Ｙａｓｏ－Ａｉｒ』の最新Ｍ８《モデルエイト》か……い、いいもの使ってるなぁ……」

　Ｍ７《セブン》から搭載されてるＩＰＳ（不正侵入防御システム）を突破するのはちょっと面倒

だけど、私にかかれば旧式と変わらない。

チョチョイっと操作をしてあげると、簡単に機体のOSにアドミニストレーターでログインできた。

えっへっへ。どんなもんだ。

早速、権限を移乗。

ドローンの個体識別番号から個人情報を検索したところ、とあるダンTVアカウントがヒットした。

「ま、まおさん、か」

ダンTVのチャンネル名は「まおのダンジョンさんぽ」。

本名は有栖川《ありすがわ》まお。

一六歳の女子校生っぽいな。

「……え？　一六歳？　あ、あの見た目で私と同じ年齢なの？」

ちょっとビックリ。

だって、どっからどう見ても小学生だもん。

私でも間違えられて中学生なのに、上には上がいるもんだなぁ……。

しかし、とまおさんを見て思う。

「……か、可愛いな」

これまで色々な配信者を見てきたけれど、群を抜いて可愛いと思う。

これは相当人気がある配信者なんだろうな……と思ったけど、ダンTVの登録者は、まさかの「1」……。

底辺も底辺。

むしろミラクルと言っても過言ではない。

だって、学校の友達とかに「ダンジョン配信はじめたんだ」って言えば一〇くらいはいけるよ。普通。

「も、もしかして友達がいないとか？」

私と同じ匂いを感じる。

勝手に親近感が湧いちゃったよ。へへへ……。

一体どんな配信をしているんだろう？

と、まおさんのチャンネルの配信アーカイブを覗《のぞ》こうと思ったときだ。

「……ああっ！」

モニタ越しに、ちょっとマズいものを発見してしまった。

まおさんの前方一〇〇メートルくらいの距離に、凶悪なモンスターが待ち構えていたのだ。

豚の顔に筋骨隆々《きんこつりゅうりゅう》の人間の体。

亜人モンスター、オークだ。

確か危険度ランクはC級だったっけ？

喜屋武ちゃんなら余裕で勝てる相手だけど、普通のスカベンジャーにはかなりの強敵。
「に、にに、逃げてまおさん……やられちゃう……」
だけど、こっちの声が届くわけもなく。
どっ、どど、どうしよう？
いつもなら傍観して終わりだけど、どうにかして助けてあげたい。
だって、すごく可愛いし……。
でも、どうやって危険を知らせる？
「……あっ」
ふと私の目に止まったのは、コントローラー。
そうだ。ドローンを使って注意喚起《かんき》してあげよう。
「よ、よしっ」
早速、まおさんのドローンを遠隔操作。
彼女の周囲を行ったり来たりさせる。
この先は危ないよ！
引き返して！
だけど——。
『うおっ⁉ 危なっ⁉ 急にどうしたドローンちゃん⁉』
突然ドローンが暴走しはじめたと勘違いしたのか、慌てだす。

『うわわっ⁉　めっちゃ荒ぶるじゃん⁉　何もしてないのに壊れたのかっ⁉』

「……ち、違う」

けどまぁ、伝わるわけがないか。

怖くなったのか、スマホからドローンの電源をオフにするまおさん。

だけど、権限がこちらに移譲されてるので電源は入ったままで。

『……ファァッ⁉　ナナ、ナニコレ⁉　電源が落ちないんですけど⁉』

たぷたぷたぷたぷ。

怒濤《どとう》の電源ボタン連打。

でも、電源は落ちない。

『うえええっ⁉　こ、怖っ⁉　あずき姉にもらったドローン、完全に不良品じゃん！　これはスコールものだよ⁉』

「そ、それを言うなら、リコールだと思う……」

なんてモニタ越しにツッコミを入れていると、まおさんがこっちに向かってぴょんぴょんジャンプしはじめた。

もしかしてドローンを摑《つか》まえて電源を切ろうとしてる？

ひ、飛行中のドローンを摑むのは危ないよ！

怪我をさせないように、彼女の手を避《よ》けまくる。

『うわわっ！　ちょ、しず、鎮まってドローンちゃん！　うげげっ⁉　意外とすばしっこい⁉』
だけど、まおさんは諦めない。
ぴょんぴょん。
ぴょんぴょんぴょん。
な、何だろう……。
木登りをやろうとしてるレッサーパンダみたいで可愛い……。
『……むぅ』
だけど、やがて堪忍袋の緒が切れたのか、まおさんがムッと顔をしかめる。
『ああもう、めんどくさいな！　【どんがどん☆】！』
「……あっ」
何かスキルを発動させたみたい。
ザザッとカメラの信号が消えてしまった。
「ド、ドローン、壊しちゃった……」
ちょっとビックリ。
ドローンって高校生が気軽に買える値段じゃないと思うんだけどな。
それも最新のドローンだし。
もしかして、お金持ちさん？
毎月のお小遣いで、ポンとドローンが買えちゃうみたいな。

気軽に機材が買えるなんて、羨《うらや》ましい環境だなぁ……。

「……なんて言ってる場合じゃなくて」

早くまおさんに危険を知らせないと。

気を取り直して、さっきまで使っていたドローンを再度遠隔操作する。

だけど、自動帰還機能で持ち主の近くまで戻ってきていたらしく、全然違う場所にいた。

「い、いい、急いで戻らないと！」

ぎゅんっとUターン。

ごめんなさい、持ち主さん！

割引クーポン、もう一枚追加してあげますから！

そうして、エリア九に戻ってきたんだけど――。

「ま、まおさんどこ……？　あっ！」

すでに時遅しだった。

巨大なオークと、ちびっこいまおさんが対面しちゃってる。

ま、まま、まずい。

このままだとまおさんがやられちゃう。

……よし、こうなったらドローンを盾にするしかない！

そう思って、まおさんめがけて突っ込もうとしたときだ。

一足遅く、オークが雄叫《おたけ》びを上げてまおさんめがけて巨大な斧《おの》を振り下ろした。
『ぶもおおっ！』
「……っ⁉ ま、まおさんっ！」
オークの斧が、まおさんの脳天に直撃。
瞬間、バンと弾け飛んだ。
——オークの斧が。
「……えっ？」
『……ぶもっ？』
私とオーク、大困惑。
しばし黙考。
ええと……状況を整理するね？
斧を振り下ろす。
頭に直撃。
斧、弾ける。
……いやいや、どういう理屈？
斧ってそんな、バンって弾け飛ぶもんだっけ？
すごい石頭なのかな？
「い、いや、石頭でも、は、弾け飛ばないでしょ……」

もしかして、防御系のスキルを持っているのかな？

でもさっき、攻撃系スキルでドローンを壊したよね？

スキルはひとりにひとつのはずだと思うけど――。

「……も、もしかして、き、喜屋武ちゃんレベルに強いとか？」

でもそんなこと、あり得ない。

今までたくさんのスカベンジャーを見てきたけど、喜屋武ちゃんと同等の強さの人はひとりもいなかったもん。

多分、あの神原トモさんでも喜屋武ちゃんに勝つことは難しいと思う。

なんて考えてたら、まおさんとオークがコソコソと何かをしはじめた。

まおさんがオークに何かを言っている。

それに対し、ウンウンと頷《うなず》くオーク。

これってもしかして――。

「……モ、モンスターと会話してる？」

う、嘘《うそ》でしょ？

そんなことができる人、いるの？

相手は凶悪なモンスターだよ？

だけど……明らかにコミュニケーションを取ってるよね……。

というか、何を話してるんだろ？

会話を聞きたかったけど、ドローンのマイクで上手く拾えないみたい。

マイクの収音範囲を越えちゃってるのかもと思って、急いで近くに移動させたんだけど……。

『ぶもっ♪』

突然、オークが嬉しそうな声をあげた。

『よっし！　それじゃあ、レッツゴーだよ！　オーくん！』

『ぶももっ♪』

そして、まおさんと一緒にダンジョンの奥に消えていく。

残されたのは、私が操作するドローンだけ。

「……え？　え？　ど、どゆこと？」

何が起きたのか、全くわからない。

急にオークが友好的になって、一緒に行っちゃったけど。

いや、友好的っていうか……まおさんにすごく懐いてたよね？

「……よ、良くわからないけど、お、おもしろっ」

思わず笑っちゃった。

だって、巨大な斧をものともせず、モンスターを手懐《てなず》けちゃう小学生みたいな可愛い見た目の女子高生なんて、控えめに言って最高じゃない？

一発でファンになっちゃった。

「は、早く追いかけなきゃ……あれっ？」

急いでドローンを飛ばそうとしたんだけど、なぜか操作ができなかった。

画面を見ると、PING値（ネットワーク通信の応答速度）が不安定になっている。

ああもう！　こういうときに限って！

ドローンとの接続を一旦切って、再び操作権限をジャック。

今度はちゃんと操作ができた。

「よ、よし……っ！」

急いでまおさんたちの後を追ってエリア一〇に向かう。

だけど、すでに彼女の姿はなかった。

そのまま中層に降りてエリアをまたいで探してみたけど発見できず。

ううう、これは完全に見失っちゃったかも……。

流石《さすが》にひとりで下層に降りてるわけないし、行き違いで外に出ちゃったのかなぁ

……？

「で、でも、一応下層も見ておこう」

念のためね。

そうしてひたすらドローンを飛ばし、たどり着いたのは下層の最終エリア。

八号ダンジョンとはいえ、パーティでも結構危険な場所なんだけど——。

「……あっ！　いた！　まおさんだ！」

そこに紫色の髪の毛の女の子がいた。

す、すごい。

ソロで下層まで降りてきてるなんて。

やっぱり彼女、喜屋武ちゃんレベルに強くて——。

「……うぇっ⁉」

ギョッとしてしまった。

よく見ると、まおさんはソロではなかった。

あ、いや、正確に言えばソロなんだけど、何ていうか……お仲間がたくさんできてるっていうか、作ってるっていうか。

「ひい、ふう、みぃ……う、う、嘘……モンスターを一〇匹も手懐けちゃってる……っ⁉」

まおさんは、さっきのオークだけじゃなく、狼やゴブリン、さらには巨大なトカゲのモンスターを従えていた。

これは違うベクトルですごい。

喜屋武ちゃんレベルどころじゃない。

こんなスカベンジャー……見たこと無い。

「こ、こ、この子、本当に何者なの？」

すごく幼くて可愛い見た目なのに、オークの斧を食らってもピンピンしてるし、危険なモンスターを無数に手懐けちゃってるし。

「……まさか、魔王……とか？」

だってほら、名前も魔王っぽいじゃない？

もしかして日本にダンジョンを持ってきたのも、彼女なのかもしれない。

——なんて思うのは、短絡的すぎるか。

それから、こっそりとまおさんの動向を窺ってたんだけど、本当に散歩するようにダンジョンを練り歩き、結局、最下層までいっちゃった。

おまけにダンジョンボス、アルケインオーガまでひとりで捻《ひね》り潰《つぶ》してたし。

や、やっぱりこの子、魔王なのかもしれない……。

＊＊＊

「……ふぁあああ」

早朝の私立天草《あまくさ》高校の昇降口で、私は極大あくびを漏らしてしまった。

まさか完徹状態で朝を迎えることになるなんて……。

昨日、衝撃的な光景を目の当たりにしてから、一晩かけてまおさんの正体を探ったんだけど、名前と年齢以外の情報を発見することはできなかった。

有栖川まお。一六歳。

どこに住んでいるのかもわからないし、どこの学校に通っているのかもわからない。

……あ、ＩＴに疎《うと》いってことはなんとなくわかったかな？

ツリッターのアカウントは持ってるっぽいけど、有名ダンＴＶ配信者の発言をリツリートしてるだけだったし。

ちょっと残念な使い方だよね。

もっと上手く活用すれば、登録者数が伸びそうなものだけれど。

というか、あんなに可愛くて強いのに登録者数が一なんて、見る目がない人間も多いもんだ。

ファンになっちゃったからチャンネル登録したかったんだけど、私……アカウントを持ってないんだよね。ごめんなさい。

だってほら、企業に個人情報を渡すと後々面倒なことになりそうだし。

ハッカーたるもの、リスクヘッジはしっかりしないとね。

「はぁ……まおさん、どこの学校なんだろ……？」

渋谷八号ダンジョンに潜ってたってことは都内に住んでるはずだけど。

遠からず近からず。

運よく近くの学校に通ってたりしたらラッキーなんだけど――。

「たたた、たいへ～ん！」

と、昇降口の入り口のほうから甲高い声がした。

何だと思ってそっちをみると、背の小さな女子生徒がドタドタと走ってきた。

「遅刻、遅刻～っ！」

「……」

ええっと……どこからツッコめばいいのかな？

まず、そんなセリフを吐く人が現実世界にいるってことに驚き。

そして、そもそも遅刻を気にするような時間じゃないってことに唖然《あぜん》。

むしろ、メチャクチャ早い時間だし。

天草高校にも変な子がいるんだな～……なんて、何気なく彼女の顔を見てギョッとしてしまった。

よくよく見ると、見覚えのある女の子だった。

パッチリとした目。

紫色の髪の毛にぱっつん前髪。

ついさっきまで正体を探っていた、魔王の如き見た目と強さを持つ少女。

「……まっ、まままま、まおさん⁉」

「えっ？」

上履きに履き替えていた少女が、私を見て目をパチクリと瞬かせた。

静止したまま、視線を交差させる私たち。

一〇秒経過。

「……ええっと、どなた？」

「……っ⁉」

　にこりと微笑まれ、ボッと顔面が発火してしまった。

「な、なな、なんでもありませんっ！」

　思わずダッシュ。

　まさに脱兎《だっと》のごとく逃げる。

　つい声をかけちゃったけど、心の準備ができていないのだ。

「はぁはぁ……ひぃ……」

　近年稀《まれ》に見る速さで廊下を駆け抜け、誰もいない教室に滑り込む。

　落ち着くために深呼吸をしたけれど、心臓のドキドキが止まらなかった。

　ま、間違いない。

　あの子、有栖川まおさんだ。

　こんな偶然ってある？

　まさか……まおさんが私と同じ天草高校の生徒だったなんて！

＊＊＊

　思い返せば、どっかで聞いた名字だな～とは思ってた。

だって有栖川って、珍しい名字だし……。

調べたところ、どうやらまおさんは有栖川あずき先生の妹さんみたい。

さらに、有栖川先生が顧問を務める「とある部活」に所属しているらしくって――。

「……てなわけで！」

学校の端っこにある第二部室棟のダンジョン部の部室に、有栖川先生の嬉々《きき》とした声が跳ねた。

「ついに我がダンジョン部に二人目の部員が入りましたっ！　はい、拍手っ！」

「わぁ～！　ぱちぱちぱちぱち！」

「……」

嬉しそうに拍手するまおさん。

一方の私、有栖川先生の隣で緊張のあまり石化。

先生が言った「二人目の部員」っていうのは、私のこと。

まおさんがダンジョン部の部員だという話を聞いて、速攻で入部届を提出したんだよね。

彼女にお近づきになれるチャンスを逃すわけにはいかない！

――な～んて、勢いで申し込んじゃったけど、いざまおさんを前にすると頭が真っ白になっちゃって。

どど、どうしよう。

趣味とか特技とか、話したほうがいいのかなぁ……？

「ほれほれ、ちずるちゃん」

有栖川先生がカチコチになっちゃってる私の背中をぽんと押す。

「自己紹介、自己紹介」

「あっ！　えっ……えと、あのっ、てっ、てっ、天童ちずるです……よ、よろしくおねがいします……っ！」

「……」

頑張って自己紹介をしたんだけど、まおさんは呆然《ぼうぜん》とした顔。

あれっ？

なんでそんな顔？

あっ……もしかして朝の件かな？

ストーカーって思われてるかもしれない。

そりゃあ、いきなり名前を呼ばれてダッシュで逃げられ、その日のうちに入部してきたら疑っちゃうよね……。

こ、これは誤解を解かねば！

と思ったんだけど。

「……か」

「え？」

「かっ、可愛いっ！」

「ひゃっ⁉」

がばっと立ち上がり、ずずいっと顔を近づけてくるまおさん。

その目は宝石みたいにキラキラと輝いている。

「ちょっと待って、あずき姉⁉　この新入部員さん、よく見ると可愛すぎませんか⁉

どうやってひっかけたの⁉」

「ひっかけたとか人聞きの悪いことを言うな。ぜひダンジョン部に入部させてください
と、わざわざ職員室まで来てくれたんだぞ」

「ええっ⁉　てことは……天然の新入部員さん⁉」

「……て、天然？」

ど、どういう意味だろう……？

養殖の部員さんがいるのかな？

困惑していると、まおさんがガシッと両手を摑《つか》んできた。

喉《のど》の奥から小さな悲鳴が出た。

「よろしくね、天童さん……ってのはちょっとよそよそしいかな？　ちずるちゃん、ち
ずるっち……あっ、ちずるんでもいい？」

「……っ⁉　も、もちろん……です」

ち、ちずるん……。

そんなあだ名、喜屋武ちゃんにも呼ばれたことない。

ていうか、いきなりまおさんにあだ名で呼ばれるなんて……うっ、うっ、嬉しいっ！

「あ、あのっ、まおさん⁉」

「はい、まおです」

「わ、わ、私……実は、まおさんのファンなんです！」

「へぇ～、そうなんだ……って、うえええええっ⁉」

「どぇえっ⁉」

同時に素《す》っ頓狂《とんきょう》な声をあげる、まおさんと有栖川先生。

「ちょ、ちょっと待ってちずるん？　まおのファンって……マ？」

「ほ、本当です。しょ、諸事情があってチャンネル登録はできてないんですけど、あ、あの、配信アーカイブ、全部見ました……昨日、徹夜して……」

「「マジでぇえぇ⁉」」

有栖川先生とまおさん、綺麗にハモる。

すごい。流石は姉妹だ。

感動する私をよそに、わなわなと体を震わせながらまおさんが続ける。

「可愛くてまおのファンとか……神じゃん！　最高かよっ！」

そしてぎゅっとハグしてくる。

ふあああああっ⁉

ま、まおさん、すごいいい匂いがするんですけど！

だだ、ダメですよ！

私……道を外してしまいそうっ！

「えっへっへ、ようやくできたまおのファン……絶対逃がしませんぞっ！」

「顔がガチだからやめろ」

「あたっ」

有栖川先生に頭をペシッと叩かれるまおさん。

彼女は「えへへ」と、ちょっと照れくさそうに続ける。

「と、とにかく、これから同じ部活のメンバーとしてよろしくね、ちずるん」

「は、はひっ……よ、よ、よろしく……お願いします……」

私は息も絶え絶えに、そう返すので精いっぱいだった。


こうして、凄《すさ》まじい幸運に恵まれてまおさんとお友達になれたわけだけど、ちょっとだけ心配になったのは喜屋武ちゃんのことだった。

喜屋武ちゃんってば、ああ見えて意外と嫉妬《しっと》深かったりするんだよね……。

あんまりまおさんと仲良くしすぎると、怒られちゃうかも。

最悪、まおさんにも迷惑がかかっちゃうかもだし……うん、ほどほどに仲良くしておこう。

幼女系底辺配信者、ダンジョン配信切り忘れてS級モンスターを愛でてたら魔王と勘違いされてバズってしまう

A young girl-like bottom-tier dungeon streamer forgot to turn off the stream and was admiring an S-class monster when she was mistaken for a demon king and went viral

あとがき

違いがわかる男になりたい。

どうもこんにちは。作者の邑上《むらかみ》です。

あれは今夏、ラフティングなるものに初チャレンジしたときのことです。

ラフティングをご存知ない諸兄姉に軽くご説明すると、おっきいゴムボートに数人で乗り込み、パドルをこぎこぎしながら激流を下るアトラクションのこと。

――といっても、僕がやったのは小さな子供でも楽しめるようなやつですけどね。

基本的に川の流れに身を任せ、美しい景観を楽しむ優しいやつ。

下るのは川ですから、周りにはたくさんの生き物がいます。

魚が泳いでいたり、鳥が飛んでいたり。

そんな中、ふと僕の膝に一匹のトンボが留まりました。

それを見て、一緒にボートに乗っていたインストラクターさんが言うわけです。

「……あっ！　トンボが留まるなんて、お兄さんって心が清らかなんですね！」と。

それを聞いて、ハッとしました。

自慢じゃないですけど、僕はかわいいクマちゃんのイラストが入ったトレーナーを三着持ってるくらい、清らかさが具現化したような男——。

だけど見た目はただのオッサンなので、そんなオーラは一ミリも出てはいません。

きっとトンボさんは、「こいつは違うな」と、肌感でわかったんでしょうね。

すごいですね。厳しい自然で生きる「知恵」とでも言いましょうか？

なので、僕も厳しい社会で生き残れるよう、違いがわかる男になりたいと強く思ったというわけです。

違いがわかる男になりたい作者の、ひと味違うあとがき……。

そう、このあとがきで作品についてひとことも触れてないのは違いを出すためです。

決して楽をしたかったわけではありません。

最後に謝辞を。

編集者E様、星の数ほどある作品の中からまおちゃんを見つけていただき、本当にありがとうございます。笑いどころが僕と同じみたいなので、きっとEさんも清らかです。

イラストを担当いただいたとくまろ先生。キャラデザを見たとき「神かな？」と思いましたが、表紙や挿絵を見て神だと確信しました。きっととくまろ先生も清らかです。

そして、本書の制作に関わっていただいた皆様と、本書を手にとって頂いた読者の皆様に心からの感謝を！　僕の作品を読んでいただいたので、きっとみんな清らかです！

■ご意見、ご感想をお寄せください。……………………………………………………………

ファンレターの宛て先
〒102-8177　東京都千代田区富士見2-13-3　ファミ通文庫編集部
邑上主水先生　　とくまろ先生

FBファミ通文庫

幼女系底辺《ようじよけいていへん》ダンジョン配信者《はいしんしや》、配信《はいしん》切《き》り忘《わす》れてS級《きゆう》モンスターを愛《め》でてたら魔王《まおう》と勘違《かんちが》いされてバズってしまう

1836

2024年12月30日　初版発行

◇◇◇

著　者　邑上主水《むらかみもんど》
発行者　山下直久
発　行　株式会社KADOKAWA
〒102-8177 東京都千代田区富士見2-13-3
電話 0570-002-301（ナビダイヤル）
編集企画　ファミ通文庫編集部
デザイン　GROFAL Co.,Ltd.
写植・製版　株式会社スタジオ205プラス
印　刷　TOPPANクロレ株式会社
製　本　TOPPANクロレ株式会社

●お問い合わせ
https://www.kadokawa.co.jp/（「お問い合わせ」へお進みください）
※内容によっては、お答えできない場合があります。
※サポートは日本国内のみとさせていただきます。
※Japanese text only

ISBN978-4-04-738216-9　C0193

定価はカバーに表示してあります。

悪役転生者は結婚したい
大小判
江田島電気
ファミ通文庫

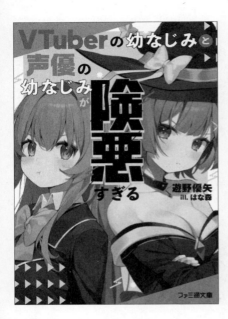

こましゃくれり!!
～大学生のラブコメはシラフでヤニ切れじゃ耐えられない！～

著者／屁負比丘尼
イラスト／あろあ

※注：このラブコメの9割は酒と煙草とギャンブルで構成されています

二浪の末ようやく大学生になった俺、陣内梅治は同じ境遇の同級生女子である安瀬桜、猫屋李花、西代桃と交友を持った！ だが彼女たちは全員、顔はいいのに酒クズ・ヤニカス・ギャンブル好きのダメ女子で——!?

脇役に転生した俺でも、義妹《ヒロイン》を『攻略《しあわせに》』していいですか？

著者／としぞう
イラスト／Shakkiy

サブキャラ兄による妹ヒロイン救済!

気が付くと俺はあるギャルゲーの攻略ヒロインの兄に転生していた。サブキャラとして第二の人生……とか言ってる場合ではない。俺の妹・鈴那が救われるのは三年後——それなら今すぐ兄として鈴那を救ってやりたい!!

FB ファミ通文庫